COLLECTION FOLIO

« Parce que c'était lui ; parce que c'était moi »

Littérature et amitié

Gallimard

Tu seras pour moi unique au monde.

ANTOINE DE SAINT-EXUPÉRY

ANTOINE DE SAINT-EXUPÉRY

Le Petit Prince *

C'est alors qu'apparut le renard :

« Bonjour, dit le renard.

— Bonjour, répondit poliment le petit prince, qui se retourna mais ne vit rien.

— Je suis là, dit la voix, sous le pommier...

— Qui es-tu ? dit le petit prince. Tu es bien joli...

— Je suis un renard, dit le renard.

— Viens jouer avec moi, lui proposa le petit prince. Je suis tellement triste...

— Je ne puis pas jouer avec toi, dit le renard. Je ne suis pas apprivoisé.

— Ah ! pardon », fit le petit prince.

Mais, après réflexion, il ajouta :

« Qu'est-ce que signifie "apprivoiser" ?

— Tu n'es pas d'ici, dit le renard, que cherches-tu ?

— Je cherche les hommes, dit le petit prince. Qu'est-ce que signifie "apprivoiser" ?

— Les hommes, dit le renard, ils ont des fusils

* Extrait de *Le Petit Prince* (Folio n° 3200).

et ils chassent. C'est bien gênant! Ils élèvent aussi des poules. C'est leur seul intérêt. Tu cherches des poules?

— Non, dit le petit prince. Je cherche des amis. Qu'est-ce que signifie "apprivoiser"?

— C'est une chose trop oubliée, dit le renard. Ça signifie "créer des liens...".

— Créer des liens?

— Bien sûr, dit le renard. Tu n'es encore pour moi qu'un petit garçon tout semblable à cent mille petits garçons. Et je n'ai pas besoin de toi. Et tu n'as pas besoin de moi non plus. Je ne suis pour toi qu'un renard semblable à cent mille renards. Mais, si tu m'apprivoises, nous aurons besoin l'un de l'autre. Tu seras pour moi unique au monde. Je serai pour toi unique au monde...

— Je commence à comprendre, dit le petit prince. Il y a une fleur... je crois qu'elle m'a apprivoisé...

— C'est possible, dit le renard. On voit sur la Terre toutes sortes de choses...

— Oh! ce n'est pas sur la Terre», dit le petit prince.

Le renard parut très intrigué :

«Sur une autre planète?

— Oui.

— Il y a des chasseurs, sur cette planète-là?

— Non.

— Ça, c'est intéressant! Et des poules?

— Non.

— Rien n'est parfait», soupira le renard.

Mais le renard revint à son idée :

«Ma vie est monotone. Je chasse les poules, les

hommes me chassent. Toutes les poules se ressemblent, et tous les hommes se ressemblent. Je m'ennuie donc un peu. Mais, si tu m'apprivoises, ma vie sera comme ensoleillée. Je connaîtrai un bruit de pas qui sera différent de tous les autres. Les autres pas me font rentrer sous terre. Le tien m'appellera hors du terrier, comme une musique. Et puis regarde ! Tu vois, là-bas, les champs de blé ? Je ne mange pas de pain. Le blé pour moi est inutile. Les champs de blé ne me rappellent rien. Et ça, c'est triste ! Mais tu as des cheveux couleur d'or. Alors ce sera merveilleux quand tu m'auras apprivoisé ! Le blé, qui est doré, me fera souvenir de toi. Et j'aimerai le bruit du vent dans le blé... »

Le renard se tut et regarda longtemps le petit prince :

« S'il te plaît... apprivoise-moi ! dit-il.

— Je veux bien, répondit le petit prince, mais je n'ai pas beaucoup de temps. J'ai des amis à découvrir et beaucoup de choses à connaître.

— On ne connaît que les choses que l'on apprivoise, dit le renard. Les hommes n'ont plus le temps de rien connaître. Ils achètent des choses toutes faites chez les marchands. Mais comme il n'existe point de marchands d'amis, les hommes n'ont plus d'amis. Si tu veux un ami, apprivoise-moi !

— Que faut-il faire ? dit le petit prince.

— Il faut être très patient, répondit le renard. Tu t'assoiras d'abord un peu loin de moi, comme ça, dans l'herbe. Je te regarderai du coin de l'œil et tu ne diras rien. Le langage est source de malentendus. Mais, chaque jour, tu pourras t'asseoir un peu plus près... »

Le lendemain revint le petit prince.

« Il eût mieux valu revenir à la même heure, dit le renard. Si tu viens, par exemple, à quatre heures de l'après-midi, dès trois heures je commencerai d'être heureux. Plus l'heure avancera, plus je me sentirai heureux. À quatre heures, déjà, je m'agiterai et m'inquiéterai : je découvrirai le prix du bonheur ! Mais si tu viens n'importe quand, je ne saurai jamais à quelle heure m'habiller le cœur... Il faut des rites.

— Qu'est-ce qu'un rite ? dit le petit prince.

— C'est aussi quelque chose de trop oublié, dit le renard. C'est ce qui fait qu'un jour est différent des autres jours, une heure, des autres heures. Il y a un rite, par exemple, chez mes chasseurs. Ils dansent le jeudi avec les filles du village. Alors le jeudi est jour merveilleux ! Je vais me promener jusqu'à la vigne. Si les chasseurs dansaient n'importe quand, les jours se ressembleraient tous, et je n'aurais point de vacances. »

Ainsi, le petit prince apprivoisa le renard. Et quand l'heure du départ fut proche :

« Ah ! dit le renard... Je pleurerai.

— C'est ta faute, dit le petit prince, je ne te souhaitais point de mal, mais tu as voulu que je t'apprivoise...

— Bien sûr, dit le renard.

— Mais tu vas pleurer ! dit le petit prince.

— Bien sûr, dit le renard.

— Alors tu n'y gagnes rien !

— J'y gagne, dit le renard, à cause de la couleur du blé. »

Puis il ajouta :

« Va revoir les roses. Tu comprendras que la tienne est unique au monde. Tu reviendras me dire adieu, et je te ferai cadeau d'un secret. »

Le petit prince s'en fut revoir les roses :

« Vous n'êtes pas du tout semblables à ma rose, vous n'êtes rien encore, leur dit-il. Personne ne vous a apprivoisées et vous n'avez apprivoisé personne. Vous êtes comme était mon renard. Ce n'était qu'un renard semblable à cent mille autres. Mais j'en ai fait mon ami, et il est maintenant unique au monde. »

Et les roses étaient bien gênées.

« Vous êtes belles, mais vous êtes vides, leur dit-il encore. On ne peut pas mourir pour vous. Bien sûr, ma rose à moi, un passant ordinaire croirait qu'elle vous ressemble. Mais à elle seule elle est plus importante que vous toutes, puisque c'est elle que j'ai arrosée. Puisque c'est elle que j'ai mise sous globe. Puisque c'est elle que j'ai abritée par le paravent. Puisque c'est elle dont j'ai tué les chenilles (sauf les deux ou trois pour les papillons). Puisque c'est elle que j'ai écoutée se plaindre, ou se vanter, ou même quelquefois se taire. Puisque c'est ma rose. »

Et il revint vers le renard :

« Adieu, dit-il...

— Adieu, dit le renard. Voici mon secret. Il est très simple : on ne voit bien qu'avec le cœur. L'essentiel est invisible pour les yeux.

— L'essentiel est invisible pour les yeux, répéta le petit prince, afin de se souvenir.

— C'est le temps que tu as perdu pour ta rose qui fait ta rose si importante.

— C'est le temps que j'ai perdu pour ma rose..., fit le petit prince, afin de se souvenir.

— Les hommes ont oublié cette vérité, dit le renard. Mais tu ne dois pas l'oublier. Tu deviens responsable pour toujours de ce que tu as apprivoisé. Tu es responsable de ta rose...

— Je suis responsable de ma rose... », répéta le petit prince, afin de se souvenir.

FRED UHLMAN

L'ami retrouvé *

Je ne puis me rappeler exactement le jour où je décidai qu'il fallait que Conrad devînt mon ami, mais je ne doutais pas qu'il le deviendrait. Jusqu'à son arrivée, j'avais été sans ami. Il n'y avait pas, dans ma classe, un seul garçon qui répondît à mon romanesque idéal de l'amitié, pas un seul que j'admirais réellement, pour qui j'aurais volontiers donné ma vie et qui eût compris mon exigence d'une confiance, d'une abnégation et d'un loyalisme absolus. Tous m'apparaissaient comme des Souabes bien portants et dépourvus d'imagination, plus ou moins lourds et assez insignifiants, et les membres du Caviar eux-mêmes n'y faisaient pas exception. La plupart d'entre eux étaient gentils et je m'entendais assez bien avec eux. Mais tout comme je n'avais pas pour eux de sympathie particulière, ils n'en avaient pas pour moi. Je n'allais jamais chez eux et ils ne venaient jamais chez moi. Peut-être une autre raison de ma froideur était-elle due à ce que tous avaient l'es-

* Extrait de *L'ami retrouvé* (Folio n° 1463).

prit terriblement positif et savaient déjà ce qu'ils seraient plus tard : avocats, officiers, professeurs, pasteurs, banquiers. Moi seul n'en avais aucune idée ; je me bornais à de vagues rêveries et à des désirs plus vagues encore. Je ne souhaitais qu'une chose : voyager, et je croyais que je serais un jour un grand poète.

J'ai hésité avant d'écrire : « un ami pour qui j'aurais volontiers donné ma vie ». Mais, même après trente années écoulées, je crois que ce n'était pas une exagération et que j'eusse été prêt à mourir pour un ami, presque avec joie. Tout comme je tenais pour naturel qu'il fût *dulce et decorum pro Germania mori*, j'eusse admis que mourir *pro amico* était également *dulce et decorum*. Entre seize et dix-huit ans, les jeunes gens allient parfois une naïve innocence et une radieuse pureté de corps et d'esprit à un besoin passionné d'abnégation absolue et désintéressée. Cette phase ne dure généralement que peu de temps, mais, à cause de son intensité et de son unicité, elle demeure l'une des expériences les plus précieuses de la vie.

Tout ce que je savais alors était qu'il allait devenir mon ami. Tout m'attirait vers lui, d'abord, et avant tout, la gloire de son nom qui, pour moi, le distinguait de tous les autres garçons, y compris les « von » (comme j'eusse été plus attiré par la duchesse de Guermantes que par une Mme Meunier). Puis la fierté de son maintien, ses manières, son élégance, sa beauté — et qui eût pu y rester tout à fait insensible ? — me donnaient fortement à croire que j'avais enfin trouvé quelqu'un qui répondait à mon idéal d'un ami.

Le problème était de l'attirer vers moi. Que pouvais-je lui offrir, à lui qui avait aimablement, mais avec fermeté repoussé les aristocrates et le Caviar ? Comment pouvais-je le conquérir lorsqu'il était retranché derrière les barrières de la tradition, sa fierté naturelle et sa morgue acquise ? De plus, il semblait parfaitement satisfait d'être seul et de rester à l'écart des autres élèves, auxquels il ne se mêlait que parce qu'il le fallait.

Comment attirer son attention, comment le pénétrer du fait que j'étais différent de ce morne troupeau, comment le convaincre que moi seul devais être son ami? C'était là un problème auquel je n'avais aucune réponse précise. Je savais instinctivement qu'il me fallait me mettre en relief. Je commençai soudain à prendre un intérêt nouveau à ce qui se passait en classe. Normalement, j'étais heureux d'être abandonné à mes rêves, de n'être pas dérangé par des questions ou des problèmes, attendant que la cloche me libérât de ces fastidieuses besognes. Il n'y avait eu pour moi aucune raison particulière de faire impression sur mes camarades. Puisque je passais avec succès mes examens, qui ne me réclamaient pas un grand effort, pourquoi me donner du mal? Pourquoi faire impression sur les professeurs, ces vieillards las et sans illusions qui nous disaient que *non scholae sed vitae discimus*, alors que c'était, me semblait-il, le contraire?

Mais je commençai donc à m'animer. Je saisissais l'occasion de me manifester chaque fois que j'avais quelque chose à dire. Je discutais de *Madame Bovary* et de l'existence ou de la non-existence d'Homère, j'attaquais Schiller, je qualifiais Heine de poète pour voyageurs de commerce et proclamais Hölderlin le plus grand poète d'Allemagne, «plus grand même que Goethe». Jetant un regard en arrière, je vois combien tout cela était puéril, mais, à coup sûr, j'électrisai mes professeurs et attirai même l'attention du Caviar. Les résultats me surprirent également. Les maîtres, qui s'étaient désintéressés de moi, eurent soudain l'impression que leurs efforts, en fin de compte, n'avaient pas été perdus et qu'ils étaient enfin récompensés de leur peine. Ils se tournèrent vers moi avec un espoir renouvelé et une joie touchante, presque pathétique. Ils me demandèrent de traduire et d'expliquer des scènes de *Faust* et de *Hamlet*, ce que je fis avec un réel plaisir et, je crois, quelque compréhension.

Mon second effort déterminé se déploya au cours des quelques heures consacrées aux exercices physiques. En ce temps-là — peut-être est-ce aujourd'hui différent — nos professeurs, au Karl Alexander Gymnasium, tenaient le sport pour un luxe. Courir après un ballon pour le botter, comme cela se faisait en Amérique et en Angleterre, leur apparaissait comme une terrible perte d'un temps précieux qui eût pu être employé avec plus de profit à acquérir un peu de savoir. Deux heures par semaine pour fortifier son corps était considéré comme plus que suffisant. Notre professeur de gymnastique, Max Loehr, surnommé Max-les-Biceps, un petit homme vigoureux et bruyant, brûlait désespérément de développer notre poitrine, nos bras et nos jambes aussi intensément que possible dans le temps réduit mis à sa disposition. Il utilisait à cet effet trois instruments de torture d'une notoriété internationale : la barre fixe, les barres parallèles et le cheval d'arçon. La formule habituelle était une course autour de la salle, puis des exercices de flexion et d'extension. Après cette mise en train, Max-les-Biceps allait à son instrument préféré, la barre fixe, et nous montrait quelques exercices, aussi faciles pour lui qu'enjamber une bûche, mais extrêmement difficiles pour la plupart d'entre nous. Il demandait habituellement à l'un des garçons les plus agiles de rivaliser avec sa démonstration et, parfois, me choisissait. Mais, dans les derniers mois, il avait le plus souvent désigné Eisemann, qui aimait à se faire valoir et voulait en tout cas être officier dans la Reichswehr.

Cette fois, j'étais déterminé à intervenir. Max-les-Biceps retourna à la barre fixe, se tint sous elle au garde à vous, étendit les bras, puis sauta avec élégance et saisit la barre dans sa poigne de fer. Avec une aisance et une adresse incroyables, il souleva lentement son corps, pouce à pouce, jusqu'à la barre et s'y appuya. Il se tourna alors à droite, étendit les deux bras, revenant à son ancienne position, se tourna à gauche et reprit la position de repos. Mais, tout à coup, il parut tomber et, pour un moment, resta accroché à la pliure des genoux, ses mains touchant presque le sol. Il se mit à tourner lentement, puis de plus en plus vite, jusqu'à ce qu'il regagnât sa place sur la barre. Alors, d'un mouvement rapide et admirable, il s'élança dans le vide et atterrit sur ses orteils avec un bruit mat et des plus légers. Son habileté semblait rendre l'exploit facile, mais, de fait, il réclamait une maîtrise absolue, un équilibre merveilleux, et aussi du sang-froid. Sur ces trois qualités, j'avais un peu des deux premières, mais je ne puis dire que j'étais très courageux. Souvent, à la dernière minute, je doutais d'y arriver. À peine osais-je lâcher la barre et, quand je le faisais, il ne m'entrait jamais dans la tête que je pourrais le faire presque aussi bien que Max-les-Biceps. Il y avait là la différence entre un jongleur capable de garder six balles en l'air et quelqu'un qui est reconnaissant d'être à même d'en manier trois.

En cette occasion particulière, je fis un pas en avant dès que Max eut terminé sa démonstration et le regardai bien en face. Il hésita une seconde, puis : « Schwarz », dit-il.

J'allai lentement jusqu'à la barre, me tins au garde à vous et sautai. Comme le sien, mon corps s'appuya sur la barre. Je parcourus la salle du regard. Je vis Max au-dessous de moi, prêt à intervenir en cas de ratage. Silencieux, les garçons m'observaient. Je regardai Hohenfels et, quand je vis ses yeux fixés sur moi, je soulevai mon corps de droite à gauche, puis de gauche à droite, restai accroché à la pliure des genoux, puis me haussai sur la barre et m'y appuyai une seconde. Je n'éprouvais aucune crainte, mais un seul désir : celui de vaincre. C'est pour *lui* que j'allais réussir. Je me dressai soudain à la verticale, sautai pardessus la barre, me projetai en l'air... puis floc !

J'étais du moins sur mes pieds.

Il y eut quelques petits rires réprimés, mais quelques garçons applaudirent. Certains d'entre eux n'étaient pas de si mauvais bougres...

Demeurant immobile, je tournai les yeux vers *lui*. Conrad, inutile de le dire, n'avait pas ri. Il n'avait pas non plus applaudi. Mais il *me* regardait.

Quelques jours plus tard, je vins au lycée avec quelques pièces de monnaie grecques (je collectionnais les pièces de monnaie depuis l'âge de douze ans). J'avais apporté une drachme d'argent corinthienne, un hibou de Pallas Athéna, une effigie d'Alexandre le Grand, et, dès qu'il approcha de sa place, je fis semblant de les examiner à la loupe. Il me vit les regarder et, ainsi que je l'avais espéré, la curiosité l'emporta sur sa réserve. Il me demanda la permission de les regarder aussi. À sa façon de manipuler les pièces, je vis qu'il s'y connaissait. Il avait du collectionneur la manière de palper les objets bien-aimés et le regard appréciateur et caressant. Il me dit qu'il collectionnait, lui aussi, les pièces de monnaie, possédait le hibou, mais non mon effigie d'Alexandre. En revanche, il comptait dans sa collection quelques pièces que je n'avais pas.

Nous fûmes interrompus à ce moment par l'entrée du professeur et, quand vint la récréation de dix heures, Conrad parut avoir perdu tout intérêt aux pièces et quitta la salle sans même me regarder. Pourtant, je me sentais heureux. C'était la première fois qu'il m'avait parlé et j'étais déterminé à ce qu'elle ne fût pas la dernière.

JACQUES DE LACRETELLE
Silbermann *

Nous nous adressâmes la parole quelques jours plus tard, un dimanche matin, en des circonstances dont j'ai bien gardé la mémoire.

J'avais été au temple avec ma mère; puis, à la sortie, je l'avais laissée. Je ressentais toujours quelque exaltation après le service religieux; mais cette exaltation, je trouvais délicieux de l'user à des choses profanes. J'aimais me promener seul, dans le Bois, et, encore ému par le bourdonnement grave de l'orgue, excité par l'allégresse des cantiques, j'aimais me livrer, en cet état d'ivresse spirituelle, à une activité tout animale : courir, bondir à travers les buissons, aspirer l'odeur de la terre et des feuilles, me laisser toucher par les vivants effluves de la nature. Puis, ayant levé par hasard les yeux vers le ciel, je m'arrêtais, non pas calmé mais comme frappé d'amour. La vue d'un nuage voguant dans l'azur avait réveillé ensemble mon cœur et mon imagination. Tout frémissant, je soupirais vers un sentiment très doux, de qua-

* Extrait de *Silbermann* (Folio n° 417).

lité très noble, et je rêvais aux aventures où il m'entraînerait. Le plus souvent, ce sentiment se cristallisait sous la forme d'une amitié, où se mêlaient indistinctement une alliance mystique, une entente intellectuelle et un dévouement de toute ma chair.

J'éprouvais cette disposition confuse, ce matin-là, au Ranelagh, lorsque je vis avancer, dans la même allée, Silbermann. Il était seul. Il marchait à pas courts et précipités, remuant fréquemment la tête; il semblait plein de pensées inquiètes; on l'eût dit poursuivi. Il m'aperçut de loin mais n'en montra rien et ouvrit un livre qu'il avait à la main. Au moment qu'il allait passer, il leva vers moi des yeux incertains, esquissa un sourire, puis, comme je lui répondis par un bonjour très cordial, changea brusquement de physionomie, accourut et exprima sa joie de la rencontre.

— Tu habites donc par ici? Et où cela?

Il voulut connaître le nom de la rue, le numéro de la maison, me questionna sur mes habitudes, sur ma famille, et enveloppa cette enquête de manières si naturelles et si amicales que j'eus plaisir à répondre, malgré ma retenue ordinaire.

— De quel côté allais-tu? ajouta-t-il. Veux-tu que je t'accompagne?

J'acceptai. Il me montra son livre.

— C'est une édition ancienne de Ronsard. Je viens de l'acheter, dit-il en caressant la jolie reliure de ses doigts qui étaient maigres et bruns.

Il l'ouvrit et se mit à me lire quelques vers. J'eus la même impression qu'en classe. Le texte lu par lui semblait baigner dans une source qui m'en donnait fortement le goût. Les mots avaient une qualité nouvelle : ils flattaient mes sens ; émotion ignorée, sorte de frisson dans mon cerveau. Mais de Silbermann lui-même que dire et comment dépeindre sa figure ? Il lut ces vers :

Fauche, garçon, d'une main pilleresse
Le bel émail de la verte saison,
Puis à plein poing en jonche la maison
Des fleurs qu'avril enfante en sa jeunesse.

Ses narines se dilatèrent, comme piquées par l'odeur des foins, et des larmes de plaisir emplirent ses yeux.

Nous étions arrivés à l'angle d'une pelouse où est érigée une statue de La Fontaine. Silbermann s'écria en la désignant :

— Est-ce assez laid, ce buste que couronne une Muse ? Et ce groupe d'animaux, le lion, le renard, le corbeau, quelle composition banale ! Chez nous on ne connaît que cette façon de glorifier un grand homme. Et pourtant il y en a d'autres. Ainsi, l'été dernier, j'ai été à Weimar et j'ai visité la maison de Goethe. On l'a conservée intacte. On n'a pas déplacé un objet dans sa chambre depuis la minute de sa mort. Dans la ville, on montre — et avec quel respect ! — le banc sur lequel il s'asseyait, le pavillon où il allait rêver. Je t'assure que de tels souvenirs ont de la grandeur. En France, on ne voit rien de pareil. Il y a quelques années, on a fait une vente au château de Saint-Point, en Bourgogne, où Lamartine a vécu. Eh bien, mon père a pu acheter beaucoup d'objets qui avaient appartenu à Lamartine ; et, soit dit en passant, l'achat de ces reliques a été pour lui une très bonne affaire.

Nous étions toujours devant la statue.

— Est-ce que tu aimes La Fontaine ? me demanda-t-il.

Et comme cette question me laissait embarrassé, il reprit avec vivacité :

— Mon cher, c'est bien simple : La Fontaine est notre plus grand peintre de mœurs. Dans ces fables qu'on nous fait ânonner, il a dépeint son siècle. Louis XIV et la cour, la bourgeoisie et les paysans de son temps, voilà ce qu'il faut voir derrière les divers animaux. Et alors, comme l'anecdote prend de la valeur ! Combien il est audacieux dans sa moralité ! C'est ce que Taine a très bien compris... Tu as lu *La Fontaine et ses fables* ?

Je fis signe que non.

— Je te le prêterai.

Je ne répondis rien. J'étais étourdi. Ce garçon qui possédait des livres rares, qui distinguait avec assurance : « ceci est beau... cela ne l'est pas » ; qui avait voyagé, lu, observé, retenu des exemples, jetait dans mon esprit tant de notions admirables que cette profusion me confondait. Je tournai les yeux vers lui. Qu'il fût supérieur à tous les camarades que j'avais, cela était évident et je n'en doutais pas ; mais je jugeais encore que je n'avais rencontré ni dans ma famille ni parmi notre milieu quelqu'un qui lui fût comparable. Ce goût si vif pour les choses de l'intelligence et cette façon si pratique de les présenter, cette adresse pour mettre à portée de main ce qui est élevé, étaient pour moi des qualités vraiment neuves. Et cette parole forte et aimable à la fois, qui imposait en même temps qu'elle charmait, qui donc s'en trouvait doué dans mon entourage ?

Il n'avait pas cessé de parler, citant des noms d'écrivains et des titres d'ouvrages.

J'avais un immense respect pour tout ce qui touchait à la littérature. Je plaçais certains écrivains qui avaient éveillé mon admiration au-dessus de l'humanité entière, à l'image des divinités de l'Olympe. Silbermann m'instruisait de bien des faits que j'ignorais, discourant facilement de l'un et de l'autre. Il me révéla finalement que son dieu était le « père Hugo ». Je l'écoutais avec avidité. Cependant, fut-ce cette familiarité, fut-ce l'éclat de sa voix ou la couleur un peu étrange de son teint ? je ne sais, mais j'eus à ce moment la vision d'une scène qui amena un léger recul de ma part. Souvent, à Aiguesbelles, un marchand de fruits, un Espagnol à la peau basanée, passait sur la route et arrêtait sa charrette devant le mas, criant bizarrement sa marchandise et maniant sans délicatesse les belles pommes écarlates, les pêches tendres et poudrées, les prunes lisses et glacées. Or, Célestine, notre cuisinière, n'aimait pas cet homme « venu on ne sait d'où », disait-elle, et lorsqu'elle avait eu affaire avec lui, on l'entendait maugréer en revenant :

— C'est malheureux de voir ces beaux fruits touchés par ces mains-là.

Silbermann, ignorant ce petit mouvement instinctif, poursuivit :

— Si les livres t'intéressent, tu viendras un jour chez moi, je te montrerai tout ce que tu voudras.

Je le remerciai et acceptai.

— Alors quand veux-tu venir? dit-il aussitôt. Cet après-midi, es-tu libre?

Je ne l'étais point. Il insista.

— Viens goûter jeudi prochain.

Il y eut dans cet empressement quelque chose qui me déplut et me mit sur la défensive. Je répondis que nous conviendrions du jour plus tard; et comme nous étions arrivés devant la maison de mes parents, je lui tendis la main.

Silbermann la prit, la retint, et me regardant avec une expression de gratitude, me dit d'une voix infiniment douce :

— Je suis content, bien content, que nous nous soyons rencontrés... Je ne pensais pas que nous pourrions être camarades.

— Et pourquoi? demandai-je avec une sincère surprise.

— Au lycée, je te voyais tout le temps avec Robin; et comme lui, durant un mois, cet été, a refusé de m'adresser la parole, je croyais que toi aussi... Même en classe d'anglais où nous sommes voisins, je n'ai pas osé...

Il ne montrait plus guère d'assurance en disant ces mots. Sa voix était basse et entrecoupée; elle semblait monter de régions secrètes et douloureuses. Sa main qui continuait d'étreindre la mienne, comme s'il eût voulu s'attacher à moi, trembla un peu.

Ce ton et ce frémissement me bouleversèrent. J'entrevis chez cet être si différent des autres une détresse intime, persistante, inguérissable, analogue à celle d'un orphelin ou d'un infirme. Je balbutiai avec un sourire, affectant de n'avoir pas compris :

— Mais c'est absurde... pour quelle raison supposais-tu...

— Parce que je suis Juif, interrompit-il nettement et avec un accent si particulier que je ne pus distinguer si l'aveu lui coûtait ou s'il en était fier.

Confus de ma maladresse, et voulant la réparer, je cherchai éperdument les mots les plus tendres. Mais dans ma famille, on ne m'avait guère enseigné la tendresse. Le gage d'amour que l'on offrait dans les circonstances graves était le sacrifice ; et seule l'intervention de la conscience donnait du prix à un acte. Aussi, ayant reculé d'un pas tout en conservant la main de Silbermann, je lui dis solennellement :

— Je te jure, Silbermann, que désormais je ferai pour toi tout ce qui sera en mon pouvoir.

HENRI PIERRE ROCHÉ

Jules et Jim *

C'était vers 1907.

Le petit et rond Jules, étranger à Paris, avait demandé au grand et mince Jim, qu'il connaissait à peine, de le faire entrer au bal des Quat-z'Arts, et Jim lui avait procuré une carte et l'avait emmené chez le costumier. C'est pendant que Jules fouillait doucement parmi les étoffes et choisissait un simple costume d'esclave que naquit l'amitié de Jim pour Jules. Elle crût pendant le bal, où Jules fut tranquille, avec des yeux comme des boules, pleins d'humour et de tendresse.

Le lendemain ils eurent leur première vraie conversation. Jules n'avait pas de femme dans sa vie parisienne et il en souhaitait une. Jim en avait plusieurs. Il lui fit rencontrer une jeune musicienne. Le début sembla favorable. Jules fut un peu amoureux une semaine, et elle aussi. Puis Jules la trouva trop cérébrale, et elle le trouva ironique et placide.

* Extrait de *Jules et Jim* (Folio n° 1096).

Jules et Jim se virent tous les jours. Chacun enseignait à l'autre, jusque tard dans la nuit, sa langue et sa littérature. Ils se montraient leurs poèmes, et ils traduisaient ensemble. Ils causaient, sans hâte, et aucun des deux n'avait jamais trouvé un auditeur si attentif. Les habitués du bar leur prêtèrent bientôt, à leur insu, des mœurs spéciales.

Jim introduisit Jules dans des cafés littéraires où fréquentaient des célébrités. Jules y fut apprécié et Jim en fut content. Jim avait une camarade, dans un de ces cafés, une jolie petite femme désinvolte, qui tenait le coup aux Halles mieux que les poètes, jusqu'à six heures du matin. Elle distribuait, de haut, ses faveurs brèves. Elle conservait, à travers tout, une liberté hors la loi et un esprit rapide qui frappait juste. Ils eurent des sorties à trois. Elle déconcertait Jules, qu'elle trouvait gentil, mais ballot. Il la jugeait remarquable, mais terrible. Elle amena pour Jules une amie bonasse, mais Jules la trouva bonasse.

Jim ne put donc rien pour Jules. Il l'engagea à chercher seul. Jules, peut-être gêné par son français encore imparfait, échouait toujours. Jim dit à Jules : Ce n'est pas une question de langue.

Et il lui exposa des principes.

— Autant me prêter vos souliers, ou vos gants de boxe, dit Jules, tout cela est trop grand pour moi.

Jules, malgré l'avis de Jim, prit contact avec des professionnelles, sans y trouver satisfaction.

Ils se rabattirent sur leurs traductions et sur leurs entretiens.

JENS CHRISTIAN GRØNDAHL

Bruits du cœur *

Nous nous sommes connus en sixième et sommes restés inséparables durant les quatorze années suivantes. J'étais encore à l'École d'architecture quand il est parti pour New York. À cette époque, il avait déjà travaillé deux ans pour une grosse agence de change. À New York, il a été rapidement promu associé d'une société de courtage plus importante encore. Il était certainement doué, mais il ne parlait jamais de son travail. Quant à moi, j'ai échoué dans une rue de traverse, au milieu des estampes d'Utamaro, d'Hiroshige et d'Hokusai, des scènes de bordel et des paysages sous la pluie ou le clair de lune. Je lui ai seulement rendu visite une fois à New York, quand il vivait encore avec sa première femme. Je ne l'ai quasiment pas vu pendant les dernières années de sa vie. En revanche, il m'appelait ou m'écrivait de longues lettres auxquelles je répondais trop brièvement, si tant est que j'envoyais une réponse.

Je ne me voyais pas employé dans un cabinet

* Extrait de *Bruits du cœur* (Folio n° 3979).

d'architectes, penché sur les plans et les dessins d'un autre, tandis que les ans passeraient, et je me suis rendu compte que je n'étais pas assez motivé pour construire moi-même quelque chose. Du reste, il n'y avait guère de chances que je parvienne jamais à réaliser un édifice original. J'étais terrifié d'avance à l'idée des successions de concours éreintants, des déceptions, des compromis et de la jalousie des collègues. J'avais compris que les architectes sont des êtres jaloux, farouches et parfois amers, et que mes ambitions ne feraient pas le poids à côté de mon dégoût pour les sables mouvants de l'argent et de la politique dans lesquels se perdent la plupart des rêves d'un architecte. En outre, j'étais devenu père, presque par mégarde, et j'en ai eu assez de m'échiner à garder la tête hors de l'eau. Et mes rêves en sont rapidement venus à ressembler à des clichés émouvants d'un temps passé, ces photos qui ne sont pas particulièrement vieilles, mais nous émeuvent pourtant parce que l'on ne parvient pas à comprendre que l'on était jadis vêtu ou coiffé de telle ou telle façon.

J'ai commencé très tôt à collectionner les gravures anciennes et à suppléer mes maigres finances en achetant et en revendant un peu. Au fond, je n'ai fait que développer ce qui avait commencé comme une simple activité secondaire. Je me suis pris d'affection pour les estampes japonaises et je suis progressivement devenu une sorte d'expert. Des collectionneurs de l'Europe entière s'adressent à moi et, parfois, j'ai la chance de gagner assez d'argent pour ne plus avoir à m'en soucier chaque jour. Je ne me souviens plus de ce qui, à l'origine, a déclenché ma passion pour les estampes japonaises. Peut-être est-ce lié à la définition que les Japonais donnent du genre, ukiyo-e, « peinture du monde flottant ». Un aperçu de la fugacité figée dans une chose aussi résistante et rude qu'un bloc de bois.

Maintenant que j'ai commencé, je peux tout aussi bien décrire de quoi j'ai l'air. Je suis de taille moyenne, assez trapu et chauve. Mon front a commencé à se dégarnir quand je n'avais pas encore trente ans et j'ai rapidement acheté un rasoir mécanique afin de maintenir les piètres restes de mes cheveux à un minimum. En revanche, je me rase rarement, ce qui assure au moins que ma pilosité clairsemée soit répartie de manière à peu près égale. De fait, j'aurais une apparence très banale si un nez trop gros et aquilin ne pointait pas entre mes sourcils, lequel, avec mes yeux marron et mon teint mat, me donne un air exotique, sans que cela m'ait jamais conféré le moindre avantage auprès des femmes. Une trapéziste hongroise hante mon arbre généalogique; elle a séduit mon arrière-grand-père et a fini comme épouse d'un receveur des postes.

Après avoir relu la courte missive d'Adrian, j'ai sorti la boîte à chaussures contenant ses autres lettres. En règle générale, il s'agissait de comptes rendus détaillés de ce qui lui était arrivé depuis son dernier courrier, décrivant avec qui il était sorti et ainsi de suite. Pour être tout à fait franc, je les trouvais dénuées d'intérêt. Ce n'est pas qu'il fanfaronnait, il ne faisait que partager son quotidien avec moi, un quotidien radieux, du reste. Au fond, il était touchant de voir avec quelle minutie Adrian décrivait les événements les plus insignifiants. Ses lettres ressemblaient à des compositions de sixième et, quand il parlait de sa vie, on aurait cru lire un garçon de douze ans qui raconte ses grandes vacances. Nous avions douze ans quand nous nous sommes rencontrés, et nous avons tous deux conservé ce côté gamin. Quand nous étions ensemble, il lui arrivait de se hausser du col, de faire des clins d'œil ou des grimaces.

Cependant, à dire vrai, je lisais rarement ses lettres jusqu'au bout, non pas que j'enviais son bonheur américain, mais parce qu'il m'ennuyait. Pour une raison quelconque, je les avais cachées au lieu de les lire, peut-être un tour supplémentaire de ma mauvaise conscience. Elles étaient toujours rédigées sur du papier à en-tête, il les écrivait donc apparemment au bureau. Il n'y avait pas la moindre allusion à ce qui le tracassait. Dans son avant-dernière lettre, il parlait de la maison de campagne qu'il avait achetée avec Yuki, à Martha's Vineyard. Naturellement, il fallait que ce soit là qu'il possède une résidence secondaire.

Yuki est la Japonaise qu'il a épousée après avoir rompu avec Jill. Je ne l'ai jamais rencontrée et les lettres mentionnaient seulement ce qu'ils faisaient ensemble, pas qui elle était. Je ne possède qu'une photo d'eux, une des rares photos qu'il m'a envoyées, une banale photo de touriste les montrant en train de sourire sur les bords du Grand Canyon. Il me parlait également d'Eva, la fille que Yuki avait eue de son premier mariage avec un pilote allemand. Selon Adrian, ce pilote avait sombré dans la déchéance et l'alcool après avoir terrorisé son épouse et sa fille. J'avais pensé qu'Eva avait pris la photo.

C'était curieux de regarder ce cliché. Durant les longues périodes où nous ne nous sommes pas vus, la vie d'Adrian a emprunté plusieurs fois des orientations inattendues. Ainsi, par exemple, il était là, au bord du Grand Canyon avec ce sourire que je lui connaissais si bien, aux côtés d'une femme que je n'ai jamais rencontrée. Dans la première lettre où il faisait mention d'elles, il signalait qu'Eva venait juste d'entrer à la high school, et j'en avais déduit qu'elle avait actuellement dix-huit ou dix-neuf ans. J'en avais également conclu que Yuki était un peu plus âgée qu'Adrian, même si cela ne se voit pas sur la photo. Elle est montée sur une pierre afin d'être à la même hauteur que lui. Elle tend un bras, pour se tenir en équilibre, mais elle sourit comme un enfant. Je crois qu'il aurait fait un meilleur père que moi. Dans une de ses lettres, il me racontait, non pas pour se vanter mais pour partager ce moment avec moi, qu'il avait pris trois jours de congé afin d'accompagner Eva à un concours de patinage dans le Rhode Island.

J'ai feuilleté le paquet de lettres sans en lire plus que quelques lignes à la fois. Je cherchais un indice qui aurait pu éclairer à demi-mot le passage mystérieux de son dernier courrier. Qu'était-ce donc qu'il aurait tant voulu me confier et que j'étais le seul à pouvoir comprendre? Une fois encore, j'ai été frappé par la quantité de choses qu'il racontait, tout en parlant si peu de lui-même, de ce qu'il pensait ou de ce qu'il ressentait profondément. J'ai replacé les lettres dans la boîte à chaussures et j'ai levé les yeux sur une des estampes qui forment comme une bande dessinée couvrant le mur au-dessus de mon bureau. Je ne m'en lasse jamais et, chaque jour, je m'attache à un détail auquel je ne pense pas avoir prêté attention auparavant.

Il s'agissait d'une estampe d'Hiroshige, de la série de Tokaido. Au premier plan, il y a quelques petits hommes anonymes coiffés d'un chapeau de paille, au bord d'un escarpement ; sur le coteau, un arbre frêle étend son feuillage bas devant la mer d'un bleu glacé et la perspective sur le mont Fuji, lointain et couvert de neige. Comme toujours, les tons de la mer vont du bleu clair au bleu de Prusse, suivant cette gradation d'une extrême finesse de grain, typique des Japonais. Les personnes sont petites comme des poupées et pourraient être n'importe qui ; la vue serait la même avec les voiles carrées des bateaux de pêche, les maisons sur pilotis sur la rive en dessous de la falaise, et le mont sacré.

Adrian et moi venions de deux mondes séparés. Il me considérait comme une sorte d'artiste, même si je n'ai jamais fait preuve du moindre talent. C'est pourtant ce qu'il m'a dit lors de notre dernière rencontre. Il était en transit entre New York et Stockholm et m'a invité à déjeuner dans un restaurant coûteux. Puis nous avons bu du whisky dans mon arrière-boutique. Il avait pris de l'embonpoint, mais il était toujours très chic avec son complet italien raffiné. Il avait cette aisance évidente que possèdent seulement les gens riches et qui ont le talent de l'être. « Tu es vraiment un artiste », a-t-il dit en riant, si bien que je n'étais pas sûr du sens de ses paroles. Nous sommes restés silencieux. Il a allumé une cigarette et contemplé la fumée de ses yeux bleus et presque transparents, ce qu'il faisait souvent quand il essayait de se rappeler quelque chose. Il a ajouté qu'il aurait volontiers été moi. J'ai esquissé un sourire ironique, il a souri à son tour. Je ne savais que répondre et il n'a pas eu le temps de préciser ce qui l'intéressait tant en moi, car son taxi l'attendait dans la rue.

Je suis resté sur le trottoir, en bras de chemise même si nous étions à la mi-janvier, jusqu'à ce qu'il soit installé dans la voiture. Il m'a dévisagé. « Je le pense vraiment », a-t-il dit en souriant à nouveau, mais avec un sourire en biais et fugace cette fois, avant de fermer la portière. Il avait commencé à neiger. À travers la lunette arrière du taxi, j'ai aperçu les boucles de cheveux sur le col remonté de son manteau en poil de chameau. Peut-être est-ce le souvenir des lumières des freins trouant la neige paisible au crépuscule qui fait que cet après-midi reste si nettement gravé dans ma mémoire. Je ne pouvais pas deviner alors que cet instant allait revêtir une importance aussi grande.

J'ai continué à fixer longuement les volutes de vapeur qui s'échappaient du bec de la bouilloire avant qu'il me vienne à l'esprit d'éteindre le réchaud. J'ai pris une cuiller et versé le café en poudre dans une tasse. Là, je ne sais pas ce qui m'est arrivé car, au moment où j'ai entendu les petits grains de café lyophilisé tomber sur le fond lisse de la tasse, j'ai eu l'impression que le bruit me frappait comme autant de piqûres et que mes yeux étaient soudain pleins à ras bord. Comme deux verres de schnaps, ai-je pensé en ôtant mes lunettes. Je suis assez myope et, quand j'enlève mes lunettes, tous les contours s'estompent. C'est un peu comme si l'on prenait congé d'une réalité parfois trop envahissante.

Il n'était pas étrange que je pleure, mais pourquoi maintenant et non un peu plus tôt, voire la veille, quand j'avais appris la triste nouvelle ? La sœur d'Adrian m'avait téléphoné juste quand j'allais fermer. J'ai cru tout d'abord qu'elle appelait de Londres. Je ne l'avais pas vue depuis huit ans, lorsque je lui avais rendu visite en rentrant de New York. « C'est Ariane, a-t-elle dit, Adrian est mort. » Elle a toujours été très brusque. Elle était revenue au Danemark depuis deux ans. J'avais suivi de loin sa carrière et acheté plusieurs de ses disques. Je voyais parfois sa photo dans le journal quand elle donnait un concert en ville. Nous avions vécu presque deux ans dans la même ville sans nous croiser, sans que je le sache. Adrian ne m'en avait jamais parlé. Adrian, discret et prévenant. Elle a ajouté que, d'après ses informations, il paraissait en parfaite santé.

Et puis, brusquement, il n'était plus. Lorsqu'il est entré sur le court de squash après s'être changé, rien n'aurait pu lui laisser supposer que, une demi-heure plus tard, il se retrouverait inconscient dans une ambulance et qu'il serait mort avant de parvenir à l'hôpital. Je ne peux m'empêcher de penser à lui dans le vestiaire, à l'instant où il a pénétré sur le court, aux remarques distraites lancées à son partenaire, au premier service, aux crissements des chaussures sur le plancher, au dur claquement de la balle sur le mur, à la sueur qui pointait déjà dans le dos et sur le front. Comment la mort s'est-elle annoncée ? A-t-il noté une piqûre, un tremblement inattendu ? Peut-être sa mort n'a-t-elle été qu'une coupure brutale, une coupure qui n'était pas suivie d'une autre scène mais par le néant, si bien que le film s'enroulait en cinglant sur la spirale serrée de la bobine qui continuait à tourner sans fin ni raison.

J'ai demandé à Ariane quand aurait lieu l'enterrement. Adrian allait être incinéré le lendemain ; elle prenait l'avion dans l'après-midi. Du reste, elle était sur le point de se rendre à l'aéroport. Je me suis dit qu'elle n'avait sans doute pas changé. J'aurais dû me trouver à bord de cet avion. Peut-être s'était-elle attendue que je ferme le magasin, que j'achète une brosse à dents et que je saute dans un taxi pour la rejoindre dans la salle d'embarquement. La sonnette de la boutique a tinté, j'ai entendu des pas, puis le silence. La porte a été ouverte, puis refermée. Je n'aurais pas eu le temps. En outre, je n'aurais pas eu les moyens de partir ce mois-ci. Elle m'a dit qu'elle me rappellerait dès son retour.

Votre ami est vos aspirations comblées.

KHALIL GIBRAN

KHALIL GIBRAN

Le Prophète *

Un jeune homme dit : Parle-nous de l'Amitié.

Il répondit :

Votre ami est vos aspirations comblées.

Il est le champ que vous ensemencez avec amour et moissonnez avec gratitude.

Il est votre table, votre foyer.

Car vous venez à lui avec votre faim et vous le recherchez pour trouver la paix.

Lorsque votre ami vous confie le fond de sa pensée, vous ne craignez pas le « non » dans votre esprit et vous ne retenez pas le « oui ».

Et lorsqu'il est silencieux, votre cœur ne cesse d'être à l'écoute du sien ;

Car en amitié, toute pensée, tout désir, toute attente naissent et se partagent sans mots et avec une joie discrète.

Lorsque vous quittez votre ami, vous n'êtes pas attristés ;

Car ce que vous chérissez le plus en lui peut

* Extrait de *Le Prophète* (Folio n° 2335).

s'éclaircir en son absence, comme les sommets apparaissent plus clairement aux yeux du montagnard qui les contemple de la plaine.

Qu'il n'y ait d'autre motif à l'amitié qu'un approfondissement de l'esprit ;

Car un amour en quête d'un autre but que la révélation de son mystère n'est pas de l'amour, mais un filet jeté sur l'eau : seul l'inutile est pris.

Que le meilleur de vous-mêmes soit pour votre ami.

S'il doit connaître le reflux de votre marée, qu'il en connaisse aussi le flux.

Qu'est donc votre ami pour que vous le recherchiez afin de tuer les heures ?

Toujours recherchez-le avec des heures à vivre.

Car il lui appartient de combler vos aspirations mais non votre vide.

Qu'il y ait du rire dans la douceur de l'amitié et un partage des plaisirs.

Car c'est dans la rosée de choses modestes que le cœur trouve son matin et sa fraîcheur.

MICHEL DE MONTAIGNE

Essais *

Au demeurant, ce que nous appelons ordinairement amis et amitiés, ce ne sont qu'accointances et familiarités nouées par quelque occasion ou commodité, par le moyen de laquelle nos âmes s'entretiennent. En l'amitié de quoi je parle elles se mêlent et confondent l'une en l'autre, d'un mélange si universel, qu'elles effacent et ne retrouvent plus la couture qui les a jointes. Si on me presse de dire pourquoi je l'aimais, je sens que cela ne se peut exprimer, qu'en répondant : « Parce que c'était lui ; parce que c'était moi. »

Il y a au-delà de tout mon discours, et de ce que j'en puis dire particulièrement, ne sais quelle force inexplicable et fatale, médiatrice de cette union. Nous nous cherchions avant que de nous être vus, et par des rapports que nous oyions l'un de l'autre, qui faisaient en notre affection plus d'effort que ne porte la raison des rapports, je crois par quelque ordonnance du ciel ; nous nous embrassions par nos noms. Et à notre première

* Extrait des *Essais*, I (Folio n° 289).

rencontre, qui fut par hasard en une grande fête et compagnie de ville, nous nous trouvâmes si pris, si connus, si obligés entre nous, que rien dès lors ne nous fut si proche que l'un à l'autre. Il écrivit une satire latine excellente, qui est publiée, par laquelle il excuse et explique la précipitation de notre intelligence, si promptement parvenue à sa perfection. Ayant si peu à durer, et ayant si tard commencé, car nous étions tous deux hommes faits, et lui plus de quelques années, elle n'avait point à perdre temps et à se régler au patron des amitiés molles et régulières, auxquelles il faut tant de précautions de longue et préalable conversation. Celle-ci n'a point d'autre idée que d'elle-même, et ne se peut rapporter qu'à soi. Ce n'est pas une spéciale considération, ni deux, ni trois, ni quatre, ni mille : c'est je ne sais quelle quintessence de tout ce mélange, qui ayant saisi toute ma volonté, l'amena se plonger et se perdre dans la sienne; qui, ayant saisi toute sa volonté, l'amena se plonger et se perdre en la mienne, d'une faim, d'une concurrence [1] pareille. Je dis perdre, à la vérité, ne nous réservant rien qui nous fût propre, ni qui fût ou sien, ou mien.

Quand Lélius, en présence des consuls romains, lesquels, après la condamnation de Tiberius Gracchus, poursuivaient tous ceux qui avaient été de son intelligence, vint à s'enquérir de Caïus Blosius (qui était le principal de ses amis) combien il eût voulu faire pour lui, et qu'il eut répondu : «Toutes choses. — Comment, toutes choses? suivit-il. Et

1. Émulation.

quoi, s'il t'eût commandé de mettre le feu en nos temples? — Il ne me l'eût jamais commandé, répliqua Blosius. — Mais s'il l'eût fait? ajouta Lélius. — J'y eusse obéi», répondit-il. S'il était si parfaitement ami de Gracchus, comme disent les histoires, il n'avait que faire d'offenser les consuls par cette dernière et hardie confession; et ne se devait départir de l'assurance qu'il avait de la volonté de Gracchus. Mais, toutefois, ceux qui accusent cette réponse comme séditieuse, n'entendent pas bien ce mystère et ne présupposent pas, comme il est, qu'il tenait la volonté de Gracchus en sa manche, et par puissance et par connaissance. Ils étaient plus amis que citoyens, plus amis qu'amis et qu'ennemis de leur pays, qu'amis d'ambition et de trouble. S'étant parfaitement commis l'un à l'autre, ils tenaient parfaitement les rênes de l'inclination l'un de l'autre; et faites guider cet harnois par la vertu et conduite de la raison (comme aussi est-il du tout impossible de l'atteler sans cela), la réponse de Blosius est telle qu'elle devait être. Si leurs actions se démanchèrent, ils n'étaient ni amis selon ma mesure l'un de l'autre, ni amis à eux-mêmes. Au demeurant, cette réponse ne sonne non plus que ferait la mienne, à qui s'enquerrait à moi de cette façon : « Si votre volonté vous commandait de tuer votre fille, la tueriez-vous ? » et que je l'accordasse. Car cela ne porte aucun témoignage de consentement à ce faire, parce que je ne suis point en doute de ma volonté, et tout aussi peu de celle d'un tel ami. Il n'est pas en la puissance de tous les discours du monde de me déloger de la certitude que j'ai des intentions et jugements du mien. Aucune de ses actions ne me saurait être présentée, quelque visage qu'elle eût, que je n'en trouvasse incontinent le ressort. Nos âmes ont charrié si uniment ensemble, elles se sont considérées d'une si ardente affection, et de pareille affection découvertes jusques au fin fond des entrailles l'une à l'autre, que non seulement je connaissais la sienne comme la mienne, mais je me fusse certainement plus volontiers fié à lui de moi qu'à moi.

Qu'on ne me mette pas en ce rang ces autres amitiés communes ; j'en ai autant de connaissance qu'un autre, et des plus parfaites de leur genre, mais je ne conseille pas qu'on confonde leurs règles : on s'y tromperait. Il faut marcher en ces autres amitiés la bride à la main, avec prudence et précaution ; la liaison n'est pas nouée en manière qu'on n'ait aucunement à s'en défier. « Aimez-le (disait Chilon) comme ayant quelque jour à le haïr, haïssez-le, comme ayant à l'aimer. » Ce précepte qui est si abominable en cette souveraine et maîtresse amitié, il est salubre en l'usage des amitiés ordinaires et coutumières, à l'endroit desquelles il faut employer le mot qu'Aristote avait très familier : « Ô mes amis, il n'y a nul ami ! »

En ce noble commerce, les offices et les bienfaits, nourriciers des autres amitiés, ne méritent pas seulement d'être mis en compte ; cette confusion si pleine de nos volontés en est cause. Car, tout ainsi que l'amitié que je me porte ne reçoit point augmentation pour le secours que je me donne au besoin, quoi que disent les Stoïciens, et comme je ne me sais aucun gré du service que je me fais, aussi l'union de tels amis étant véritablement parfaite, elle leur fait perdre le sentiment de tels devoirs, et haïr et chasser d'entre eux ces mots de division et de différence : bienfait, obligation, reconnaissance, prière, remerciement, et leurs pareils. Tout étant par effet commun entre eux, volonté, pensements, jugements, biens, femmes, enfants, honneur et vie, et leur convenance n'étant qu'une âme en deux corps selon la très propre définition d'Aristote, ils ne se peuvent ni prêter, ni donner rien. Voilà pourquoi les faiseurs de lois, pour honorer le mariage de quelque imaginaire ressemblance de cette divine liaison, défendent les donations entre le mari et la femme, voulant inférer par là que tout doit être à chacun d'eux et qu'ils n'ont rien à diviser et partir ensemble. Si, en l'amitié de quoi je parle, l'un pouvait donner à l'autre, ce serait celui qui recevrait le bienfait qui obligerait son compagnon. Car cherchant l'un et l'autre, plus que toute autre chose, de s'entre-bienfaire, celui qui en prête la matière et l'occasion est celui-là qui fait le libéral, donnant ce contentement à son ami d'effectuer en son endroit ce qu'il désire le plus. Quand le philosophe Diogène avait faute d'argent, il disait qu'il le redemandait à ses amis, non qu'il le demandait. Et, pour montrer comment cela se pratique par effet, j'en réciterai un ancien exemple singulier.

Eudamidas, Corinthien, avait deux amis : Charixenus, Sycionien, et Arétheus, Corinthien. Venant à mourir étant pauvre, et ses deux amis riches, il fit ainsi son testament : « Je lègue à Arétheus de nourrir ma mère et l'entretenir en sa vieillesse ; à Charixenus, de marier ma fille et lui donner le douaire le plus grand qu'il pourra ; et, au cas que l'un d'eux vienne à défaillir, je substitue en sa part celui qui survivra. » Ceux qui premiers virent ce testament, s'en moquèrent ; mais ses héritiers, en ayant été avertis, l'acceptèrent avec un singulier contentement. Et l'un d'eux, Charixenus, étant trépassé cinq jours après, la substitution étant ouverte en faveur d'Arétheus, il nourrit curieusement[1] cette mère, et, de cinq talents qu'il avait en ses biens, il en donna les deux et demi en mariage à une sienne fille unique, et deux et demi pour le mariage de la fille d'Eudamidas, desquelles il fit les noces en même jour.

Cet exemple est bien plein, si une condition en était à dire, qui est la multitude d'amis. Car cette parfaite amitié, de quoi je parle, est indivisible ; chacun se donne si entier à son ami, qu'il ne lui reste rien à départir ailleurs ; au rebours, il est marri qu'il ne soit double, triple ou quadruple, et qu'il n'ait plusieurs âmes et plusieurs volontés pour les conférer toutes à ce sujet. Les amitiés communes, on les peut départir ; on peut aimer en celui-ci la beauté, en cet autre la facilité de ses mœurs, en l'autre la libéralité, en celui-là la paternité, en cet autre la fraternité, ainsi du reste ; mais cette amitié qui possède l'âme et la régente en toute souveraineté, il est impossible qu'elle soit double. Si deux en même temps demandaient à

1. Soigneusement.

être secourus, auquel courriez-vous ? S'ils requéraient de vous des offices contraires, quel ordre y trouveriez-vous ? Si l'un commettait [1] à votre silence chose qui fût utile à l'autre de savoir, comment vous en démêleriez-vous ? L'unique et principale amitié découd toutes autres obligations. Le secret que j'ai juré ne déceler à nul autre, je le puis, sans parjure, communiquer à celui qui n'est pas autre : c'est moi. C'est un assez grand miracle de se doubler ; et n'en connaissent pas la hauteur, ceux qui parlent de se tripler. Rien n'est extrême, qui a son pareil. Et qui présupposera que de deux j'en aime autant l'un que l'autre, et qu'ils s'entraînent et m'aiment autant que je les aime, il multiplie en confrérie la chose la plus une et unie, et de quoi une seule est encore la plus rare à trouver au monde.

Le demeurant de cette histoire convient très bien à ce que je disais : car Eudamidas donne pour grâce et pour faveur à ses amis de les employer à son besoin. Il les laisse héritiers de cette sienne libéralité, qui consiste à leur mettre en main les moyens de lui bien faire. Et, sans doute, la force de l'amitié se montre bien plus richement en son fait qu'en celui d'Aretheus. Somme, ce sont effets inimaginables à qui n'en a goûté, et qui me font honorer à merveille la réponse de ce jeune soldat à Cyrus s'enquérant à lui pour combien il voudrait donner un cheval, par le moyen duquel il venait de gagner le prix de la course, et s'il le voudrait échanger à un

1. Confiait.

royaume : « Non, certes, Sire, mais bien le lairrais-je volontiers pour en acquérir un ami, si je trouvais homme digne de telle alliance. »

Il ne disait pas mal : « si j'en trouvais » ; car on trouve facilement des hommes propres à une superficielle accointance. Mais en celle-ci, en laquelle on négocie du fin fond de son courage, qui ne fait rien de reste, certes il est besoin que tous les ressorts soient nets et sûrs parfaitement.

Aux confédérations qui ne tiennent que par un bout, on n'a à pourvoir qu'aux imperfections qui particulièrement intéressent ce bout-là. Il ne peut chaloir de quelle religion soit mon médecin et mon avocat. Cette considération n'a rien de commun avec les offices de l'amitié qu'ils me doivent. Et, en l'accointance domestique que dressent avec moi ceux qui me servent, j'en fais de même. Et m'enquiers peu d'un laquais s'il est chaste ; je cherche s'il est diligent. Et ne crains pas tant un muletier joueur qu'imbécile, ni un cuisinier jureur qu'ignorant. Je ne me mêle pas de dire ce qu'il faut faire au monde, d'autres assez s'en mêlent, mais ce que j'y fais.

Mihi sic usus est : tibi, ut opus est facto, face[1].

À la familiarité de la table j'associe le plaisant, non le prudent ; au lit, la beauté avant la bonté ; en la société du discours, la suffisance, voire sans la prud'homie. Pareillement ailleurs.

1. Térence, *Heautontimoroumenos (Le Bourreau de soi-même)*. « Pour moi c'est ainsi que j'en use : pour toi, agis à ta guise. »

Tout ainsi que celui qui fut rencontré à chevauchons sur un bâton, se jouant avec ses enfants, pria l'homme qui l'y surprit de n'en rien dire jusques à ce qu'il fût père lui-même, estimant que la passion qui lui naîtrait lors en l'âme le rendrait juge équitable d'une telle action; je souhaiterais aussi parler à des gens qui eussent essayé ce que je dis. Mais, sachant combien c'est chose éloignée du commun usage qu'une telle amitié, et combien elle est rare, je ne m'attends pas d'en trouver aucun bon juge. Car les discours même que l'Antiquité nous a laissés sur ce sujet me semblent lâches au prix du sentiment que j'en ai. Et, en ce point, les effets surpassent les préceptes mêmes de la philosophie :

Nil ego contulerim jucundo sanus amico[1].

L'ancien Ménandre disait celui-là heureux, qui avait pu rencontrer seulement l'ombre d'un ami. Il avait certes raison de le dire, même s'il en avait tâté. Car, à la vérité, si je compare tout le reste de ma vie, quoiqu'avec la grâce de Dieu je l'ai passée douce, aisée et, sauf la perte d'un tel ami, exempte d'affliction pesante, pleine de tranquillité d'esprit, ayant pris en paiement mes commodités naturelles et originelles sans en rechercher d'autres ; si je la compare, dis-je, toute aux quatre années qu'il m'a été donné de jouir de la douce compagnie et société de ce personnage, ce n'est que fumée, ce

1. Horace, *Satires*, livre I : « Tant que je serai sain d'esprit, je ne saurais rien comparer à un ami agréable. »

n'est qu'une nuit obscure et ennuyeuse. Depuis le jour que je le perdis,

quem semper acerbum,
Semper honoratum (sic. Dii, voluistis !) habebo [1],

je ne fais que traîner languissant ; et les plaisirs même qui s'offrent à moi, au lieu de me consoler, me redoublent le regret de sa perte. Nous étions à moitié de tout ; il me semble que je lui dérobe sa part.

Nec fas esse ulla me voluptate hic frui
Decrevi, tantisper dum ille abest meus particeps [2].

J'étais déjà si fait et accoutumé à être deuxième partout, qu'il me semble n'être plus qu'à demi.

Illam meae si partem animae tulit
Maturior vis, quid moror altera,
Nec carus aeque, nec superstes
Integer ? Ille dies utramque
Duxit ruinam [3].

1. Virgile, *Enéide*, chant V : « Jour, qui sera toujours cruel pour moi et toujours honoré (telle a été votre volonté, ô Dieux !). »

2. Térence, *Le Bourreau de soi-même* : « J'ai décidé qu'il ne m'était plus permis de jouir d'aucun plaisir, maintenant que je n'ai plus celui qui partageait ma vie. »

3. Horace, *Ode XVII* du livre II : « Si un destin prématuré m'a enlevé cette moitié de mon âme, à quoi bon m'attarder, moi l'autre moitié, qui n'ai plus une valeur égale et qui ne survis pas tout entier ? Ce jour a conduit à sa perte l'une et l'autre. »

Il n'est action ou imagination où je ne le trouve à dire comme si eût-il bien fait à moi. Car, de même qu'il me surpassait d'une distance infinie en toute autre suffisance et vertu, aussi faisait-il au devoir de l'amitié.

SAINT AUGUSTIN

Confessions *

De l'amitié humaine ;
et qu'il n'y en a point d'heureuse
que lorsqu'on aime son ami en Dieu.

C'est là ce qu'on aime dans les amis ; et que l'on aime de telle sorte, qu'une personne s'estime coupable, lorsqu'elle n'aime point celui qui l'aime sans rechercher autre chose l'un de l'autre que des témoignages d'affection. C'est de là que procèdent nos plaintes et les ténèbres de notre douleur, quand la mort nous enlève nos amis. C'est ce qui change en amertume les douceurs dont nous jouissions auparavant. C'est ce qui noie notre cœur dans nos larmes, et fait que la perte de la vie de ceux qui meurent, devient la mort de ceux qui restent en vie.

Seigneur, bienheureux celui qui vous aime, et qui aime son ami en vous, et son ennemi pour l'amour de vous. Car celui-là seul ne perd aucun de ses amis qui n'en aime aucun qu'en celui qui ne se peut jamais perdre. Et, qui est celui-là, sinon notre Dieu, qui a fait le ciel et la terre, et qui les remplit, parce qu'il les a créés en les remplissant ? Nul ne vous perd, Seigneur, que celui qui vous

* Extrait des *Confessions* (Folio n° 2465).

abandonne. Et où peut aller ou s'enfuir celui qui vous abandonne, sinon de vous favorable, à vous-même irrité et en colère ? Car où ne rencontre-t-il pas votre loi vengeresse dans ses peines, votre loi qui est la vérité, comme vous êtes vous-même la vérité ?

JEAN DE LA FONTAINE

Fables *

Les deux amis

Deux vrais amis vivaient au Monomotapa :
L'un ne possédait rien qui n'appartînt à l'autre :
Les amis de ce pays-là
Valent bien, dit-on, ceux du nôtre.
Une nuit que chacun s'occupait au sommeil,
Et mettait à profit l'absence du Soleil,
Un de nos deux Amis sort du lit en alarme :
Il court chez son intime, éveille les valets ;
Morphée avait touché le seuil de ce palais.
L'Ami couché s'étonne, il prend sa bourse, il s'arme ;
Vient trouver l'autre, et dit : « Il vous arrive peu
De courir quand on dort ; vous me paraissiez homme
À mieux user du temps destiné pour le somme :
N'auriez-vous point perdu tout votre argent au jeu ?
En voici : s'il vous est venu quelque querelle,
J'ai mon épée, allons. Vous ennuyez-vous point

* Extrait des *Fables* (Folio n° 2246).

De coucher toujours seul ? une esclave assez belle
Était à mes côtés : voulez-vous qu'on l'appelle ?
— Non, dit l'ami, ce n'est ni l'un ni l'autre point :
Je vous rends grâce de ce zèle.
Vous m'êtes en dormant un peu triste apparu ;
J'ai craint qu'il ne fût vrai, je suis vite accouru.
Ce maudit songe en est la cause. »
Qui d'eux aimait le mieux ? que t'en semble, Lecteur ?
Cette difficulté vaut bien qu'on la propose.
Qu'un ami véritable est une douce chose.
Il cherche vos besoins au fond de votre cœur ;
Il vous épargne la pudeur
De les lui découvrir vous-même.
Un songe, un rien, tout lui fait peur
Quand il s'agit de ce qu'il aime.

MOLIÈRE

Le Misanthrope *

ACTE PREMIER

SCÈNE PREMIÈRE

PHILINTE, ALCESTE

PHILINTE

Qu'est-ce donc ? Qu'avez-vous ?

ALCESTE, *assis.*

Laissez-moi, je vous [prie.

PHILINTE

Mais encor dites-moi quelle bizarrerie...

ALCESTE

Laissez-moi là, vous dis-je, et courez vous cacher.

PHILINTE

Mais on entend les gens, au moins, sans se fâcher.

* Extrait de *Le Misanthrope* (Folio n° 3376).

ALCESTE

Moi, je veux me fâcher, et ne veux point entendre.

PHILINTE

Dans vos brusques chagrins je ne puis vous comprendre
Et quoique amis enfin, je suis tout des premiers...

ALCESTE, *se levant brusquement.*

Moi, votre ami ? Rayez cela de vos papiers
J'ai fait jusques ici profession de l'être ;
Mais après ce qu'en vous je viens de voir paraître
Je vous déclare net que je ne le suis plus,
Et ne veux nulle place en des cœurs corrompus.

PHILINTE

Je suis donc bien coupable, Alceste, à votre compte ?

ALCESTE

Allez, vous devriez mourir de pure honte ;
Une telle action ne saurait s'excuser,
Et tout homme d'honneur s'en doit scandaliser.
Je vous vois accabler un homme de caresses,
Et témoigner pour lui les dernières tendresses ;
De protestations, d'offres et de serments,
Vous chargez la fureur de vos embrassements ;
Et quand je vous demande après quel est cet homme,
À peine pouvez-vous dire comme il se nomme ;
Votre chaleur pour lui tombe en vous séparant,
Et vous me le traitez, à moi, d'indifférent.

Morbleu ! c'est une chose indigne, lâche, infâme,
De s'abaisser ainsi jusqu'à trahir son âme ;
Et si, par un malheur, j'en avais fait autant,
Je m'irais, de regret, pendre tout à l'instant.

PHILINTE

Je ne vois pas, pour moi, que le cas soit pendable,
Et je vous supplierai d'avoir pour agréable
Que je me fasse un peu grâce sur votre arrêt
Et ne me pende pas pour cela, s'il vous plaît.

ALCESTE

Que la plaisanterie est de mauvaise grâce !

PHILINTE

Mais, sérieusement, que voulez-vous qu'on fasse ?

ALCESTE

Je veux qu'on soit sincère, et qu'en homme d'honneur,
On ne lâche aucun mot qui ne parte du cœur.

PHILINTE

Lorsqu'un homme vous vient embrasser avec joie,
Il faut bien le payer de la même monnoie,
Répondre, comme on peut, à ses empressements,
Et rendre offre pour offre, et serments pour serments.

ALCESTE

Non, je ne puis souffrir cette lâche méthode
Qu'affectent la plupart de vos gens à la mode ;
Et je ne hais rien tant que les contorsions

De tous ces grands faiseurs de protestations,
Ces affables donneurs d'embrassades frivoles,
Ces obligeants diseurs d'inutiles paroles,
Qui de civilités avec tous font combat,
Et traitent du même air l'honnête homme et le fat.
Quel avantage a-t-on qu'un homme vous caresse,
Vous jure amitié, foi, zèle, estime, tendresse,
Et vous fasse de vous un éloge éclatant,
Lorsqu'au premier faquin il court en faire autant ?
Non, non, il n'est point d'âme un peu bien située
Qui veuille d'une estime ainsi prostituée ;
Et la plus glorieuse a des régals peu chers,
Dès qu'on voit qu'on nous mêle avec tout l'univers :
Sur quelque préférence une estime se fonde,
Et c'est n'estimer rien qu'estimer tout le monde.
Puisque vous y donnez, dans ces vices du temps,
Morbleu ! vous n'êtes pas pour être de mes gens ;
Je refuse d'un cœur la vaste complaisance
Qui ne fait de mérite aucune différence ;
Je veux qu'on me distingue ; et pour le trancher net,
L'ami du genre humain n'est point du tout mon fait.

PHILINTE

Mais quand on est du monde, il faut bien que l'on rende
Quelques dehors civils que l'usage demande.

ALCESTE

Non, vous dis-je, on devrait châtier, sans pitié,
Ce commerce honteux de semblants d'amitié.

Je veux que l'on soit homme, et qu'en toute rencontre
Le fond de notre cœur dans nos discours se montre
Que ce soit lui qui parle, et que nos sentiments
Ne se masquent jamais sous de vains compliments.

PHILINTE

Il est bien des endroits où la pleine franchise
Deviendrait ridicule et serait peu permise ;
Et parfois, n'en déplaise à votre austère honneur,
Il est bon de cacher ce qu'on a dans le cœur.
Serait-il à propos et de la bienséance
De dire à mille gens tout ce que d'eux on pense ?
Et quand on a quelqu'un qu'on hait ou qui déplaît,
Lui doit-on déclarer la chose comme elle est ?

ALCESTE

Oui.

PHILINTE

Quoi ? vous iriez dire à la vieille Émilie
Qu'à son âge il sied mal de faire la jolie,
Et que le blanc qu'elle a scandalise chacun ?

ALCESTE

Sans doute.

PHILINTE

À Dorilas, qu'il est trop importun,
Et qu'il n'est, à la cour, oreille qu'il ne lasse
À conter sa bravoure et l'éclat de sa race ?

ALCESTE

Fort bien.

PHILINTE

Vous vous moquez.

ALCESTE

Je ne me moque point,
Et je vais n'épargner personne sur ce point.

PASCAL

Pensées *

La nature de l'amour-propre et de ce *moi* humain est de n'aimer que soi et de ne considérer que soi. Mais que fera-t-il ? Il ne saurait empêcher que cet objet qu'il aime ne soit plein de défauts et de misère ; il veut être grand, et il se voit petit ; il veut être heureux, et il se voit misérable ; il veut être parfait, et il se voit plein d'imperfections ; il veut être l'objet de l'amour et de l'estime des hommes, et il voit que ses défauts ne méritent que leur aversion et leur mépris. Cet embarras où il se trouve produit en lui la plus injuste et la plus criminelle passion qu'il soit possible de s'imaginer ; car il conçoit une haine mortelle contre cette vérité qui le reprend, et qui le convainc de ses défauts. Il désirerait de l'anéantir, et, ne pouvant la détruire en elle-même, il la détruit, autant qu'il peut, dans sa connaissance et dans celle des autres ; c'est-à-dire qu'il met tout son soin à couvrir ses défauts et aux autres et à soi-même, et qu'il ne peut souffrir qu'on les lui fasse voir ni qu'on les voie.

* Extrait des *Pensées* (Folio n° 2777).

C'est sans doute un mal que d'être plein de défauts ; mais c'est encore un plus grand mal que d'en être plein et de ne les vouloir pas reconnaître, puisque c'est y ajouter encore celui d'une illusion volontaire. Nous ne voulons pas que les autres nous trompent : nous ne trouvons pas juste qu'ils veuillent être estimés de nous plus qu'ils ne méritent : il n'est donc pas juste aussi que nous les trompions et que nous voulions qu'ils nous estiment plus que nous ne méritons.

Ainsi, lorsqu'ils ne découvrent que des imperfections et des vices que nous avons en effet, il est visible qu'ils ne nous font point de tort, puisque ce ne sont pas eux qui en sont cause, et qu'ils nous font un bien, puisqu'ils nous aident à nous délivrer d'un mal, qui est l'ignorance de ces imperfections. Nous ne devons pas être fâchés qu'ils les connaissent, et qu'ils nous méprisent, étant juste et qu'ils nous connaissent pour ce que nous sommes, et qu'ils nous méprisent, si nous sommes méprisables.

Voilà les sentiments qui naîtraient d'un cœur qui serait plein d'équité et de justice. Que devons-nous dire donc du nôtre, en y voyant une disposition toute contraire ? Car n'est-il pas vrai que nous haïssons la vérité et ceux qui nous la disent, et que nous aimons qu'ils se trompent à notre avantage, et que nous voulons être estimés d'eux autres que nous ne sommes en effet ?

En voici une preuve qui me fait horreur. La religion catholique n'oblige pas à découvrir ses péchés indifféremment à tout le monde ; elle souffre qu'on demeure caché à tous les autres hommes ; mais elle en excepte un seul, à qui elle commande de découvrir le fond de son cœur, et de se faire voir tel qu'on est. Il n'y a que ce seul homme au monde qu'elle nous ordonne de désabuser, et elle l'oblige à un secret inviolable, qui fait que cette connaissance est dans lui comme si elle n'y était pas. Peut-on s'imaginer rien de plus charitable et de plus doux ? Et néanmoins la corruption de l'homme est telle qu'il trouve encore de la dureté dans cette loi ; et c'est une des principales raisons qui a fait révolter contre l'Église une grande partie de l'Europe.

Que le cœur de l'homme est injuste et déraisonnable, pour trouver mauvais qu'on oblige de faire à l'égard d'un homme ce qu'il serait juste, en quelque sorte, qu'il fît à l'égard de tous les hommes ! Car est-il juste que nous les trompions ?

Il y a différents degrés dans cette aversion pour la vérité ; mais on peut dire qu'elle est dans tous en quelque degré, parce qu'elle est inséparable de l'amour-propre. C'est cette mauvaise délicatesse qui oblige ceux qui sont dans la nécessité de reprendre les autres de choisir tant de détours et de tempéraments pour éviter de les choquer. Il faut qu'ils diminuent nos défauts, qu'ils fassent semblant de les excuser, qu'ils y mêlent des louanges et des témoignages d'affection et d'estime. Avec tout cela, cette médecine ne laisse pas d'être amère à l'amour-propre. Il en prend le moins qu'il peut, et toujours avec dégoût, et souvent même avec un secret dépit contre ceux qui la lui présentent.

Il arrive de là que, si on a quelque intérêt d'être

aimé de nous, on s'éloigne de nous rendre un office qu'on sait nous être désagréable ; on nous traite comme nous voulons être traités : nous haïssons la vérité, on nous la cache ; nous voulons être flattés, on nous flatte ; nous aimons à être trompés, on nous trompe.

C'est ce qui fait que chaque degré de bonne fortune qui nous élève dans un monde nous éloigne davantage de la vérité, parce qu'on appréhende plus de blesser ceux dont l'affection est plus utile et l'aversion plus dangereuse. Un prince sera la fable de toute l'Europe, et lui seul n'en saura rien. Je ne m'en étonne pas : dire la vérité est utile à celui à qui on la dit, mais désavantageux à ceux qui la disent, parce qu'ils se font haïr. Or, ceux qui vivent avec les princes aiment mieux leurs intérêts que celui du prince qu'ils servent ; et ainsi, ils n'ont garde de lui procurer un avantage en se nuisant à eux-mêmes.

Ce malheur est sans doute plus grand et plus ordinaire dans les plus grandes fortunes ; mais les moindres n'en sont pas exemptes, parce qu'il y a toujours quelque intérêt à se faire aimer des hommes. Ainsi la vie humaine n'est qu'une illusion perpétuelle ; on ne fait que s'entre-tromper et s'entre-flatter. Personne ne parle de nous en notre présence comme il en parle en notre absence. L'union qui est entre les hommes n'est fondée que sur cette mutuelle tromperie ; et peu d'amitiés subsisteraient, si chacun savait ce que son ami dit de lui lorsqu'il n'y est pas, quoiqu'il en parle alors sincèrement et sans passion.

L'homme n'est donc que déguisement, que

mensonge et hypocrisie, et en soi-même et à l'égard des autres. Il ne veut donc pas qu'on lui dise la vérité. Il évite de la dire aux autres ; et toutes ces dispositions, si éloignées de la justice et de la raison, ont une racine naturelle dans son cœur.

Voulez-vous que cette heure soit celle de l'amitié ?

ALBERT CAMUS

ALBERT CAMUS

La peste *

Ils trouvèrent la terrasse vide, et garnie de trois chaises. D'un côté, aussi loin que la vue pouvait s'étendre, on n'apercevait que des terrasses qui finissaient par s'adosser à une masse obscure et pierreuse où ils reconnurent la première colline. De l'autre côté, par-dessus quelques rues et le port invisible, le regard plongeait sur un horizon où le ciel et la mer se mêlaient dans une palpitation indistincte. Au-delà de ce qu'ils savaient être les falaises, une lueur dont ils n'apercevaient pas la source reparaissait régulièrement : le phare de la passe, depuis le printemps, continuait à tourner pour des navires qui se détournaient vers d'autres ports. Dans le ciel balayé et lustré par le vent, des étoiles pures brillaient et la lueur lointaine du phare y mêlait, de moment en moment, une cendre passagère. La brise apportait des odeurs d'épices et de pierre. Le silence était absolu.

* Extrait de *La peste* (Folio n° 42).

— Il fait bon, dit Rieux, en s'asseyant. C'est comme si la peste n'était jamais montée là.

Tarrou lui tournait le dos et regardait la mer.

— Oui, dit-il après un moment, il fait bon.

Il vint s'asseoir auprès du docteur et le regarda attentivement. Trois fois, la lueur reparut dans le ciel. Un bruit de vaisselle choquée monta jusqu'à eux des profondeurs de la rue. Une porte claqua dans la maison.

— Rieux, dit Tarrou sur un ton très naturel, vous n'avez jamais cherché à savoir qui j'étais ? Avez-vous de l'amitié pour moi ?

— Oui, répondit le docteur, j'ai de l'amitié pour vous. Mais jusqu'ici le temps nous a manqué.

— Bon, cela me rassure. Voulez-vous que cette heure soit celle de l'amitié ?

Pour toute réponse, Rieux lui sourit.

— Et bien, voilà...

Quelques rues plus loin, une auto sembla glisser longuement sur le pavé mouillé. Elle s'éloigna et, après elle, des exclamations confuses, venues de loin, rompirent encore le silence. Puis il retomba sur les deux hommes avec tout son poids de ciel et d'étoiles. Tarrou s'était levé pour se percher sur le parapet de la terrasse, face à Rieux, toujours tassé au creux de sa chaise. On ne voyait de lui qu'une forme massive, découpée dans le ciel. Il parla longtemps [...]

En terminant, Tarrou balançait sa jambe et frappait doucement du pied contre la terrasse. Après un silence, le docteur se souleva un peu et demanda si Tarrou avait une idée du chemin qu'il fallait prendre pour arriver à la paix.

— Oui, la sympathie.

Deux timbres d'ambulance résonnèrent dans le lointain. Les exclamations, tout à l'heure confuses, se rassemblèrent aux confins de la ville, près de la colline pierreuse. On entendit en même temps quelque chose qui ressemblait à une détonation. Puis le silence revint. Rieux compta deux clignements de phare. La brise sembla prendre plus de force, et du même coup, un souffle venu de la mer apporta une odeur de sel. On entendait maintenant de façon distincte la sourde respiration des vagues contre la falaise.

— En somme, dit Tarrou avec simplicité, ce qui m'intéresse, c'est de savoir comment on devient un saint.

— Mais vous ne croyez pas en Dieu.

— Justement. Peut-on être un saint sans Dieu, c'est le seul problème concret que je connaisse aujourd'hui.

Brusquement, une grande lueur jaillit du côté d'où étaient venus les cris et, remontant le fleuve du vent, une clameur obscure parvint jusqu'aux deux hommes. La lueur s'assombrit aussitôt et loin, au bord des terrasses, il ne resta qu'un rougeoiement. Dans une panne de vent, on entendit distinctement des cris d'hommes, puis le bruit d'une décharge et la clameur d'une foule. Tarrou s'était levé et écoutait. On n'entendait plus rien.

— On s'est encore battu aux portes.

— C'est fini maintenant, dit Rieux.

Tarrou murmura que ce n'était jamais fini et qu'il y aurait encore des victimes, parce que c'était dans l'ordre.

— Peut-être, répondit le docteur, mais vous savez, je me sens plus de solidarité avec les vaincus qu'avec les saints. Je n'ai pas de goût, je crois, pour l'héroïsme et la sainteté. Ce qui m'intéresse, c'est d'être un homme.

— Oui, nous cherchons la même chose, mais je suis moins ambitieux.

Rieux pensa que Tarrou plaisantait et il le regarda. Mais dans la vague lueur qui venait du ciel, il vit un visage triste et sérieux. Le vent se levait à nouveau et Rieux sentit qu'il était tiède sur sa peau. Tarrou se secoua :

— Savez-vous, dit-il, ce que nous devrions faire pour l'amitié ?

— Ce que vous voulez, dit Rieux.

— Prendre un bain de mer. Même pour un futur saint c'est un plaisir digne.

Rieux souriait.

— Avec nos laissez-passer, nous pouvons aller sur la jetée. À la fin, c'est trop bête de ne vivre que dans la peste. Bien entendu, un homme doit se battre pour les victimes. Mais s'il cesse de rien aimer par ailleurs, à quoi sert qu'il se batte ?

— Oui, dit Rieux, allons-y.

Un moment après, l'auto s'arrêtait près des grilles du port. La lune s'était levée. Un ciel laiteux projetait partout des ombres pâles. Derrière eux s'étageait la ville et il en venait un souffle chaud et malade qui les poussait vers la mer. Ils montrèrent leurs papiers à un garde qui les examina assez longuement. Ils passèrent et à travers les terre-pleins couverts de tonneaux, parmi les senteurs de vin et de poisson, ils prirent la direction de la jetée. Peu avant d'y arriver, l'odeur de l'iode et des algues leur annonça la mer. Puis ils l'entendirent.

Elle sifflait doucement au pied des grands blocs de la jetée et, comme ils les gravissaient, elle leur apparut, épaisse comme du velours, souple et lisse comme une bête. Ils s'installèrent sur les rochers tournés vers le large. Les eaux se gonflaient et redescendaient lentement. Cette respiration calme de la mer faisait naître et disparaître des reflets huileux à la surface des eaux. Devant eux, la nuit était sans limites. Rieux, qui sentait sous ses doigts le visage grêlé des rochers, était plein d'un étrange bonheur. Tourné vers Tarrou, il devina, sur le visage calme et grave de son ami, ce même bonheur qui n'oubliait rien, pas même l'assassinat.

Ils se déshabillèrent. Rieux plongea le premier. Froides d'abord, les eaux lui parurent tièdes quand il remonta. Au bout de quelques brasses, il savait que la mer, ce soir-là, était tiède, de la tiédeur des mers d'automne qui reprennent à la terre la chaleur emmagasinée pendant de longs mois. Il nageait régulièrement. Le battement de ses pieds laissait derrière lui un bouillonnement d'écume, l'eau fuyait le long de ses bras pour se coller à ses jambes. Un lourd clapotement lui apprit que Tarrou avait plongé. Rieux se mit sur le dos et se tint immobile, face au ciel renversé, plein de lune et d'étoiles. Il respira longuement. Puis il perçut de plus en plus distinctement un bruit d'eau battue, étrangement clair dans le silence et la solitude de la nuit. Tarrou se rapprochait, on entendit bientôt sa respiration. Rieux se retourna, se mit au niveau de son ami, et nagea dans le même rythme. Tarrou avançait avec plus de puissance que lui et il dut précipiter son allure. Pendant quelques minutes, ils avancèrent avec la même cadence et la même vigueur, solitaires, loin du monde, libérés enfin de la ville et de la peste. Rieux s'arrêta le premier et ils revinrent lentement, sauf à un moment où ils entrèrent dans un courant glacé. Sans rien dire, ils précipitèrent tous deux leur mouvement, fouettés par cette surprise de la mer.

Habillés de nouveau, ils repartirent sans avoir prononcé un mot. Mais ils avaient le même cœur et le souvenir de cette nuit leur était doux. Quand ils aperçurent de loin la sentinelle de la peste, Rieux savait que Tarrou se disait, comme lui, que la maladie venait de les oublier, que cela était bien, et qu'il fallait maintenant recommencer.

ÉMILE ZOLA

La Débâcle *

Alors, en traversant Raucourt, ce fut l'anxiété, la bousculade éperdue. Devait-on tourner à droite, vers Autrecourt, pour aller passer la Meuse à Villers, ainsi que cela était décidé ? Troublé, hésitant, le général Douay craignit d'y trouver le pont encombré, peut-être déjà au pouvoir des Prussiens. Et il préféra continuer tout droit, par le défilé d'Haraucourt afin d'atteindre Remilly avant la nuit. Après Mouzon, Villers, et après Villers, Remilly : on remontait toujours, avec le galop des uhlans derrière soi. Il n'y avait plus que six kilomètres à franchir, mais il était déjà cinq heures, et quelle écrasante fatigue ! Depuis l'aube, on était sur pied, on avait mis douze heures pour faire à peine trois lieues, piétinant, s'épuisant dans des attentes sans fin, au milieu des émotions et des craintes les plus vives. Les deux nuits dernières, les hommes avaient à peine dormi, et ils n'avaient pas mangé à leur faim, depuis Vouziers. Ils tombaient d'inanition. Dans Raucourt, ce fut pitoyable.

* Extrait de *La Débâcle* (Folio n° 1586).

La petite ville est riche, avec ses nombreuses fabriques, sa grande rue bien bâtie aux deux bords de la route, son église et sa mairie coquettes. Seulement, la nuit qu'y avaient passée l'empereur et le maréchal de Mac-Mahon, dans l'encombrement de l'état-major et de la maison impériale, et le passage ensuite du 1er corps entier, qui, toute la matinée, avait coulé par la route comme un fleuve, venaient d'y épuiser les ressources, vidant les boulangeries et les épiceries, balayant jusqu'aux miettes des maisons bourgeoises. On ne trouvait plus de pain, plus de vin, plus de sucre, plus rien de ce qui se boit et de ce qui se mange. On avait vu des dames, devant leurs portes, distribuant des verres de vin et des tasses de bouillon, jusqu'à la dernière goutte des tonneaux et des marmites. Et c'était fini, et, lorsque les premiers régiments du 7e corps, vers trois heures, se mirent à défiler, ce fut un désespoir. Quoi donc ? ça recommençait, il y en avait toujours ! De nouveau, la grande rue charriait des hommes exténués, couverts de poussière, mourants de faim, sans qu'on eût une bouchée à leur donner. Beaucoup s'arrêtaient, frappaient aux portes, tendaient les mains vers les fenêtres, suppliant qu'on leur jetât un morceau de pain. Et il y avait des femmes qui sanglotaient, en leur faisant signe qu'elles ne pouvaient pas, qu'elles n'avaient plus rien.

Au coin de la rue des Dix-Potiers, Maurice, pris d'un éblouissement, chancela. Et, comme Jean s'empressait :

« Non, laisse-moi, c'est la fin... J'aime mieux crever ici. »

Il s'était laissé tomber sur une borne. Le caporal affecta la rudesse d'un chef mécontent.

« Nom de Dieu ! qui est-ce qui m'a foutu un soldat pareil ?... Est-ce que tu veux te faire ramasser par les Prussiens ? Allons, debout ! »

Puis, voyant que le jeune homme ne répondait plus, livide, les yeux fermés, à demi évanoui, il jura encore, mais sur un ton d'infinie pitié.

« Nom de Dieu ! nom de Dieu ! »

Et, courant à une fontaine voisine, il emplit sa gamelle d'eau, il revint lui en baigner le visage. Ensuite, sans se cacher cette fois, ayant tiré de son sac le dernier biscuit, si précieusement gardé, il se mit à le briser en petits morceaux, qu'il lui introduisait entre les dents. L'affamé ouvrit les yeux, dévora.

« Mais toi, demanda-t-il tout à coup, se souvenant, tu ne l'as donc pas mangé ?

— Oh ! moi, dit Jean, j'ai la peau plus dure, je puis attendre... Un bon coup de sirop de grenouille, et me voilà l'aplomb ! »

Il était allé remplir de nouveau sa gamelle, il la vida d'un trait, en faisant claquer sa langue. Et il avait, lui aussi, le visage d'une pâleur terreuse, si dévoré de faim, que ses mains en tremblaient.

« En route ! Mon petit, faut rejoindre les camarades. »

Maurice s'abandonna à son bras, se laissa emporter comme un enfant. Jamais bras de femme ne lui avait tenu aussi chaud au cœur. Dans l'écroulement de tout, au milieu de cette misère extrême, avec la mort en face, cela était pour lui d'un réconfort délicieux, de sentir un être l'aimer et le soigner ; et peut-être l'idée que ce cœur tout à lui était celui d'un simple, d'un paysan resté près de la terre, dont il avait eu d'abord la répugnance, ajoutait-elle maintenant à sa gratitude une douceur infinie. N'était-ce point la fraternité des premiers jours du monde, l'amitié avant toute culture et toutes classes, cette amitié de deux hommes unis et confondus, dans leur commun besoin d'assistance, devant la menace de la nature ennemie ? Il entendait battre son humanité dans la poitrine de Jean, et il était fier pour lui-même de le sentir plus fort, le secourant, se dévouant ; tandis que Jean, sans analyser sa sensation, goûtait une joie à protéger chez son ami cette grâce, cette intelligence, restées en lui rudimentaires. Depuis la mort violente de sa femme, emportée dans un affreux drame, il se croyait sans cœur, il avait juré de ne plus jamais en voir, de ces créatures dont on souffre tant, même quand elles ne sont pas mauvaises. Et l'amitié leur devenait à tous deux comme un élargissement : on avait beau ne pas s'embrasser, on se touchait à fond, on était l'un dans l'autre, si différent que l'on fût, sur cette terrible route de Remilly, l'un soutenant l'autre, ne faisant plus qu'un être de pitié et de souffrance.

ROGER MARTIN DU GARD

Le cahier gris *

Le matin, avant cinq heures, on ébranlait leur porte. Ils s'habillèrent comme des spectres, sans autre éclairage que l'aube blanchissante. La crainte d'avoir à causer leur fit refuser le café préparé par le patron et ils gagnèrent la buvette de la gare, frissonnants et à jeun.

À midi, ils avaient déjà parcouru Marseille en tous sens. L'audace leur était revenue avec le grand jour et la liberté. Jacques avait fait l'emplette d'un calepin pour écrire ses impressions, et il s'arrêtait de temps à autre, l'œil inspiré, griffonnant des notes. Ils achetèrent du pain, de la charcuterie, gagnèrent le port, et s'installèrent sur des rouleaux de cordages, devant les grands navires immobiles et les voiliers oscillants.

Un marin les fit lever pour dérouler ses câbles.

« Où vont-ils donc ces bateaux-là ? hasarda Jacques.

— Ça dépend. Lequel ?

— Ce gros-là ?

* Extrait de *Les Thibault* (Folio n° 3937).

— À Madagascar.

— Vrai ? On va le voir partir ?

— Non. Celui-là ne part que jeudi. Mais si tu veux voir un départ, faut t'amener ce soir à 5 heures : celui-ci, le *La Fayette*, part pour Tunis. »

Ils étaient renseignés.

« Tunis, observa Daniel, ce n'est pas l'Algérie...

— C'est toujours l'Afrique », dit Jacques, en arrachant une bouchée de pain. Accroupi sur ses talons contre un tas de bâches, avec ses cheveux roux, durs et broussailleux, plantés comme de l'herbe sur son front bas, avec sa tête osseuse aux oreilles décollées, son cou maigre, son petit nez mal formé qu'il fronçait sans cesse, il avait l'air d'un écureuil grignotant des faines.

Daniel s'était arrêté de manger.

« Dis donc... Si on *leur* écrivait d'ici, avant de s'... »

Le coup d'œil du petit l'interrompit net.

« Es-tu fou ? cria-t-il, la bouche pleine. Pour qu'ils nous fassent cueillir à l'arrivée ? »

Il fixait son ami avec une expression de colère. Dans cette figure plutôt ingrate, enlaidie par un semis de taches de son, les yeux, d'un bleu dur, petits, encaissés, volontaires, avaient une vie saisissante ; et leur regard était si changeant qu'il était quasi indéchiffrable, tantôt sérieux, puis aussitôt espiègle ; tantôt doux, même câlin, et tout à coup méchant, presque cruel ; quelquefois se mouillant de larmes, mais le plus souvent sec, ardent, et comme incapable de s'attendrir jamais.

Daniel fut sur le point de répliquer ; mais il se tut. Son visage conciliant s'offrait sans défense à l'irritation de Jacques, et il se mit à sourire, comme pour s'excuser. Il avait une façon particulière de sourire : sa bouche, petite, aux lèvres ourlées, se relevait subitement vers la gauche, en découvrant les dents, et, sur ses traits sérieux, cette gaieté imprévue mettait une fantaisie charmante.

Pourquoi ce grand garçon réfléchi ne s'insurgeait-il pas contre l'ascendant de ce gamin ? Son éducation, la liberté dont il jouissait ne lui donnaient-elles pas sur Jacques un incontestable droit d'aînesse ? Sans compter qu'au lycée où ils se rencontraient, Daniel était un bon élève, et Jacques un cancre. L'esprit clair de Daniel était en avance sur l'effort qu'on exigeait de lui. Jacques, au contraire, travaillait mal, ou plutôt ne travaillait pas. Faute d'intelligence ? Non. Mais, par malheur, son intelligence poussait dans un tout autre sens que celui des études. Un démon intérieur lui suggérait toujours cent sottises à faire ; il n'avait jamais su résister à une tentation ; d'ailleurs il paraissait irresponsable et satisfaire seulement un caprice de son démon. Le plus étrange reste à dire : bien qu'il fût en tout le dernier de sa classe, ses condisciples et même ses professeurs ne pouvaient s'empêcher de lui porter une sorte d'intérêt : parmi ces enfants, dont la personnalité somnolait dans l'habitude et la discipline, auprès de ces maîtres, dont l'âge et la routine avaient usé l'énergie, ce cancre, au visage ingrat, mais qui avait des explosions de franchise et de volonté, qui paraissait vivre dans un univers de fiction, créé par lui et pour lui seul, qui n'hésitait pas à se lancer dans les aventures les plus saugrenues sans jamais en craindre les risques, ce petit monstre provoquait l'effroi, mais imposait une inconsciente estime. Daniel avait été des premiers à subir l'attrait de cette nature, plus fruste que lui, mais si riche, et qui ne cessait de l'étonner, de l'instruire ; d'ailleurs il avait, lui aussi, quelque chose d'ardent, et ce même penchant vers la liberté et la révolte. Quant à Jacques, demi-pensionnaire dans une école catholique, issu d'une famille où les pratiques religieuses tenaient une grande place, ce fut tout d'abord pour le plaisir d'échapper une fois de plus aux barrières qui l'encerclaient, qu'il se plut à rechercher l'attention de ce protestant, à travers lequel il pressentait déjà un monde opposé au sien. Mais, en quelques semaines, avec la rapidité du feu, leur camaraderie était devenue une passion exclusive, où l'un et l'autre trouvaient enfin le remède à une solitude morale dont chacun avait souffert sans le savoir. Amour chaste, amour mystique, où leurs deux jeunesses fusionnaient dans le même élan vers l'avenir ; mise en commun de tous les sentiments excessifs et contradictoires qui ravageaient leurs âmes de quatorze ans, depuis la passion des vers à soie et des alphabets chiffrés, jusqu'aux plus secrets scrupules de leurs consciences, jusqu'à cet enivrant goût de vivre que chaque journée vécue soulevait en eux.

Le sourire silencieux de Daniel avait apaisé Jacques, qui s'était remis à mordre dans son pain. Il avait le bas du visage assez vulgaire — la mâchoire des Thibault —, et une bouche trop fendue, avec des lèvres gercées, une bouche laide mais expressive, autoritaire, sensuelle. Il leva la tête :

« Tu verras, je sais, affirma-t-il, à Tunis, la vie est facile ! On emploie aux rizières tous ceux qui se présentent ; on mâche du bétel, c'est délicieux... On est payé tout de suite et nourri à discrétion, de dattes, de mandarines, de goyaves...

— On leur écrira de là-bas, hasarda Daniel.

— Peut-être, rectifia Jacques, en secouant son front rouquin. « Mais seulement quand on sera bien établi, et qu'ils auront vu qu'on peut se passer d'eux. »

Ils se turent. Daniel, qui ne mangeait plus, contemplait devant lui les grosses coques noires, et le grouillement des hommes de peine sur les dalles ensoleillées, et la splendeur de l'horizon à travers l'enchevêtrement des mâts : il luttait et s'aidait du spectacle pour ne pas penser à sa mère.

L'important était de s'embarquer, dès ce soir, sur le *La Fayette*.

DENIS DIDEROT

Les Deux Amis de Bourbonne et autres contes *

Il y avait ici deux hommes qu'on pourrait appeler les Oreste et Pylade de Bourbonne. L'un se nommait Olivier, et l'autre Félix. Ils étaient nés le même jour, dans la même maison, et des deux sœurs ; ils avaient été nourris du même lait ; car l'une des mères étant morte en couche, l'autre se chargea des deux enfants. Ils avaient été élevés ensemble ; ils étaient toujours séparés des autres ; ils s'aimaient comme on existe, comme on vit, sans s'en douter ; ils le sentaient à tout moment, et ils ne se l'étaient peut-être jamais dit. Olivier avait une fois sauvé la vie à Félix, qui se piquait d'être grand nageur, et qui avait failli de se noyer. Ils ne s'en souvenaient ni l'un ni l'autre. Cent fois Félix avait tiré Olivier des aventures fâcheuses où son caractère impétueux l'avait engagé, et jamais celui-ci n'avait songé à l'en remercier ; ils s'en retournaient ensemble à la maison sans se parler, ou en parlant d'autre chose.

* Extrait de *Les Deux Amis de Bourbonne et autres contes* (Folio n° 3658).

Lorsqu'on tira pour la milice, le premier billet fatal étant tombé sur Félix, Olivier dit : L'autre est pour moi. Ils firent leur temps de service, ils revinrent au pays ; plus chers l'un à l'autre qu'ils ne l'étaient encore auparavant, c'est ce que je ne saurais vous assurer : car, petit frère, si les bienfaits réciproques cimentent les amitiés réfléchies, peut-être ne font-ils rien à celles que j'appellerais volontiers des amitiés animales et domestiques. À l'armée, dans une rencontre, Olivier étant menacé d'avoir la tête fendue d'un coup de sabre, Félix se mit machinalement au-devant du coup, et en resta balafré. On prétend qu'il était fier de cette blessure : pour moi, je n'en crois rien. À Hastenbeck, Olivier avait retiré Félix d'entre la foule des morts où il était demeuré. Quand on les interrogeait, ils parlaient quelquefois des secours qu'ils avaient reçus l'un de l'autre, jamais de ceux qu'ils avaient rendus l'un à l'autre. Olivier disait de Félix, Félix disait d'Olivier ; mais ils ne se louaient pas. Au bout de quelque temps de séjour au pays, ils aimèrent, et le hasard voulut que ce fût la même fille. Il n'y eut entre eux aucune rivalité ; le premier qui s'aperçut de la passion de son ami, se retira. Ce fut Félix. Olivier épousa ; et Félix, dégoûté de la vie, sans savoir pourquoi, se précipita dans toutes sortes de métiers dangereux : le dernier fut de se faire contrebandier. Vous n'ignorez pas, petit frère, qu'il y a quatre tribunaux en France, Caen, Reims, Valence et Toulouse, où les contrebandiers sont jugés ; et que le plus sévère des quatre, c'est celui de Reims, où préside un nommé Coleau, l'âme la plus féroce que la nature ait encore formée. Félix fut pris les armes à la main, conduit devant le terrible Coleau, et condamné à mort, comme cinq cents autres qui l'avaient précédé. Olivier apprit le sort de Félix. Une nuit il se lève d'à côté de sa femme, et sans lui rien dire il s'en va à Reims. Il s'adresse au juge Coleau, il se jette à ses pieds, et lui demande la grâce de voir et d'embrasser Félix. Coleau le regarde, se tait un moment, et lui fait signe de s'asseoir. Olivier s'assied. Au bout d'une demi-heure, Coleau tire sa montre, et dit à Olivier : Si tu veux voir et embrasser ton ami vivant, dépêche-toi ; il est en chemin ; et si ma montre va bien, avant qu'il soit dix minutes il sera pendu. Olivier, transporté de fureur, se lève, décharge, sur la nuque du cou, au juge Coleau un énorme coup de bâton, dont il l'étend presque mort ; court vers la place, arrive, crie, frappe le bourreau, frappe les gens de la justice, soulève la populace indignée de ces exécutions. Les pierres volent ; Félix délivré s'enfuit : Olivier songe à son salut ; mais un soldat de maréchaussée lui avait percé les flancs d'un coup de baïonnette, sans qu'il s'en fût aperçu. Il gagna la porte de la ville ; mais il ne put aller plus loin : des voituriers charitables le jetèrent sur leur charrette, et le déposèrent à la porte de sa maison un moment avant qu'il expirât. Il n'eut que le temps de dire à sa femme : Femme, approche, que je t'embrasse ; je me meurs, mais le balafré est sauvé.

Un soir que nous allions à la promenade selon notre usage, nous vîmes au-devant d'une chaumière une grande femme debout avec quatre petits enfants à ses pieds ; sa contenance triste et ferme attira notre attention, et notre attention fixa la sienne. Après un moment de silence, elle nous dit : Voilà quatre petits enfants ; je suis leur mère, et je n'ai plus de mari. Cette manière haute de solliciter la commisération, était bien faite pour nous toucher. Nous lui offrîmes nos secours, qu'elle accepta avec honnêteté. C'est à cette occasion que nous avons appris l'histoire de son mari Olivier, et de Félix son ami. Nous avons parlé d'elle, et j'espère que notre recommandation ne lui aura pas été inutile. Vous voyez, petit frère, que la grandeur d'âme et les hautes qualités sont de toutes les conditions et de tous les pays ; que tel meurt obscur, à qui il n'a manqué qu'un autre théâtre, et qu'il ne faut pas aller jusque chez les Iroquois pour trouver deux amis.

Dans le temps que le brigand Testalunga infestait la Sicile avec sa troupe, Romano, son ami et son confident, fut pris. C'était le lieutenant de Testalunga, et son second. Le père de ce Romano fut arrêté et emprisonné pour crimes. On lui promit sa grâce et sa liberté, pour que Romano trahît et livrât son chef Testalunga. Le combat entre la tendresse filiale et l'amitié jurée fut violent. Mais Romano père persuada son fils de donner la préférence à l'amitié, honteux de devoir la vie à une trahison. Romano se rendit à l'avis de son père. Romano père fut mis à mort ; et jamais les tortures les plus cruelles ne purent arracher de Romano fils la délation de ses complices.

Vous avez désiré, petit frère, de savoir ce qu'est devenu Félix, c'est une curiosité si simple, et le motif en est si louable, que nous nous sommes un peu reproché de ne l'avoir pas eu. Pour réparer cette faute, nous avons pensé d'abord à M. Papin, docteur en théologie et curé de Sainte-Marie, à Bourbonne; mais maman s'est ravisée, et nous avons donné la préférence au subdélégué Aubert, qui est un bon homme, bien rond, et qui nous a envoyé le récit suivant, sur la vérité duquel vous pouvez compter.

« Le nommé Félix vit encore. Échappé des mains de la justice de Reims, il se jeta dans les forêts de la province, dont il avait appris à connaître les tours et les détours pendant qu'il faisait la contrebande, cherchant à s'approcher peu à peu de la demeure d'Olivier, dont il ignorait le sort.

» Il y avait au fond d'un bois, où vous vous êtes promené quelquefois, un charbonnier, dont la cabane servait d'asile à ces sortes de gens; c'était aussi l'entrepôt de leurs marchandises et de leurs armes. Ce fut là que Félix se rendit, non sans avoir couru le danger de tomber dans les embûches de la maréchaussée qui le suivait à la piste. Quelques-uns de ses associés y avaient apporté la nouvelle de son emprisonnement à Reims; et le charbonnier et la charbonnière le croyaient justicié, lorsqu'il leur apparut.

» Je vais vous raconter la chose, comme je la tiens de la charbonnière, qui est décédée ici il n'y a pas longtemps.

» Ce furent ses enfants, en rôdant autour de la cabane, qui le virent les premiers. Tandis qu'il s'arrêtait à caresser le plus jeune, dont il était le parrain, les autres entrèrent dans la cabane, en criant : Félix, Félix ! Le père et la mère sortirent, en répétant le même cri de joie : mais ce misérable était si harassé de fatigue et de besoin, qu'il n'eut pas la force de répondre, et qu'il tomba presque défaillant entre leurs bras.

» Ces bonnes gens le secoururent de ce qu'ils avaient ; lui donnèrent du pain et du vin, quelques légumes : il mangea et s'endormit.

» À son réveil, son premier mot fut Olivier. Enfants, ne savez-vous rien d'Olivier ? Non, lui répondirent-ils. Il leur raconta l'aventure de Reims ; il passa la nuit et le jour suivant avec eux. Il soupirait ; il prononçait le nom d'Olivier ; il le croyait dans les prisons de Reims ; il voulait y aller ; il voulait aller mourir avec lui ; et ce ne fut pas sans peine que le charbonnier et la charbonnière le détournèrent de ce dessein.

» Sur le milieu de la seconde nuit, il prit un fusil, il mit un sabre sous son bras, et s'adressant à voix basse au charbonnier... Charbonnier ! — Félix ! — Prends ta cognée, et marchons. — Où ? — Belle demande ! chez Olivier. Ils vont. Mais tout en sortant de la forêt, les voilà enveloppés d'un détachement de maréchaussée.

» Je m'en rapporte à ce que m'en a dit la charbonnière ; mais il est inouï que deux hommes à pied aient pu tenir contre une vingtaine d'hommes à cheval : apparemment que ceux-ci étaient épars, et qu'ils voulaient se saisir de leur proie en vie. Quoi qu'il en soit, l'action fut très chaude ; il y eut cinq chevaux d'estropiés, et sept cavaliers de hachés ou sabrés. Le pauvre charbonnier resta mort sur la place d'un coup de feu à la tempe : Félix regagna la forêt ; et comme il est d'une agilité incroyable, il courait d'un endroit à l'autre ; en courant, il chargeait son fusil, tirait, donnait un coup de sifflet. Ces coups de sifflet, ces coups de fusil donnés, tirés à différents intervalles et de différents côtés, firent craindre aux cavaliers de maréchaussée qu'il n'y eût là une horde de contrebandiers, et ils se retirèrent en diligence.

» Lorsque Félix les vit éloignés il revint sur le champ de bataille ; il mit le cadavre du charbonnier sur ses épaules, et reprit le chemin de la cabane, où la charbonnière et ses enfants dormaient encore. Il s'arrête à la porte ; il étend le cadavre à ses pieds, et s'assied le dos appuyé contre un arbre, et le visage tourné vers l'entrée de la cabane. Voilà le spectacle qui attendait la charbonnière au sortir de sa baraque.

» Elle s'éveille ; elle ne trouve point son mari à côté d'elle ; elle cherche des yeux Félix ; point de Félix. Elle se lève ; elle sort ; elle voit ; elle crie ; elle tombe à la renverse. Ses enfants accourent, ils voient ; ils crient ; ils se roulent sur leur père ; ils se roulent sur leur mère. La charbonnière, rappelée à elle-même par le tumulte et les cris de ses enfants, s'arrache les cheveux, se déchire les joues ; Félix immobile au pied de son arbre, les yeux fermés, la tête renversée en arrière, leur disait d'une voix éteinte : Tuez-moi. Il se faisait un moment de silence ; ensuite la douleur et les cris reprenaient, et Félix leur redisait : Tuez-moi ; enfants, par pitié, tuez-moi.

» Ils passèrent ainsi trois jours et trois nuits à se désoler ; le quatrième, Félix dit à la charbonnière : Femme, prends ton bissac, mets-y du pain, et suis-moi. Après un long circuit à travers nos montagnes et nos forêts, ils arrivèrent à la maison d'Olivier, qui est située, comme vous savez, à l'extrémité du bourg, à l'endroit où la voie se partage en deux routes, dont l'une conduit en Franche-Comté, et l'autre en Lorraine.

» C'est là que Félix va apprendre la mort d'Olivier, et se trouver entre les veuves de deux hommes massacrés à son sujet. Il entre, et dit brusquement à la femme Olivier : Où est Olivier ? Au silence de cette femme, à son vêtement, à ses pleurs, il comprit qu'Olivier n'était plus. Il se trouva mal ; il tomba, et se fendit la tête contre la huche à pétrir le pain. Les deux veuves le relèvent ; son sang coulait sur elles ; et tandis qu'elles s'occupaient à l'étancher avec leurs tabliers, il leur disait : Et vous êtes leurs femmes, et vous me secourez ! Puis il défaillait, puis il revenait, et disait en soupirant : Que ne me laissait-il ? Pourquoi s'en venir à Reims ? Pourquoi l'y laisser venir ?... Puis sa tête se perdait ; il entrait en fureur ; il se roulait à terre, et déchirait ses vêtements. Dans un de ces accès il tira son sabre, et il allait s'en frapper ; mais les deux femmes se jetèrent sur lui, crièrent au secours ; les voisins accoururent. On le lia avec des cordes, et il fut saigné sept à huit fois ; sa fureur tomba avec l'épuisement de ses forces, et il resta comme mort pendant trois ou quatre jours, au bout desquels la raison lui revint. Dans le premier moment il tourna ses yeux autour de lui, comme un homme qui sort d'un profond sommeil, et il dit : Où suis-je ? Femmes, qui êtes-vous ? La charbonnière lui répondit : Je suis la charbonnière. Il reprit : Ah ! oui, la charbonnière... Et vous ?... La femme d'Olivier se tut. Alors il se mit à pleurer ; il se tourna du côté de la muraille, et dit en sanglotant : Je suis chez Olivier... ce lit est celui d'Olivier... et cette femme qui est là, c'était la sienne ! Ah !

» Ces deux femmes en eurent tant de soin, elles lui inspirèrent tant de pitié, elles le prièrent si instamment de vivre, elles lui remontrèrent d'une manière si touchante, qu'il était leur unique ressource, qu'il se laissa persuader.

» Pendant tout le temps qu'il resta dans cette maison, il ne se coucha plus. Il sortait la nuit, il errait dans les champs, il se roulait sur la terre, il appelait Olivier ; une des femmes le suivait et le ramenait au point du jour.

Tu seras pour moi unique au monde

Votre ami est vos aspirations comblées

Voulez-vous que cette heure
soit celle de l'amitié ?

COLLECTION FOLIO 2€

Dernières parutions

4103. Pablo Neruda	*La solitude lumineuse*
4104. Antoine de Saint-Exupéry	*Lettre à un otage*
4105. Anton Tchekhov	*Une banale histoire. Fragments du journal d'un vieil homme*
4106. Honoré de Balzac	*L'auberge rouge*
4143. Ray Bradbury	*Meurtres en douceur* et autres nouvelles
4144. Carlos Castaneda	*Stopper-le-monde*
4145. Confucius	*Les entretiens*
4146. Didier Daeninckx	*Ceinture rouge* précédé de *Corvée de bois*
4147. William Faulkner	*Le Caïd* et autres nouvelles
4148. Gandhi	*La voie de la non-violence*
4149. Guy de Maupassant	*Le verrou* et autres contes grivois
4150. D. A. F. de Sade	*La philosophie dans le boudoir. Les quatre premiers dialogues*
4151. Italo Svevo	*L'assassinat de la via Belpoggio* et autres nouvelles
4191. Collectif	« *Mourir pour toi* ». *Quand l'amour tue*
4192. Hans Christian Andersen	*L'Elfe de la rose* et autres contes du jardin
4193. Épictète	*De la liberté* précédé de *De la profession de Cynique*
4194. Ernest Hemingway	*Histoire naturelle des morts* et autres nouvelles
4195. Panait Istrati	*Mes départs*
4196. H. P. Lovecraft	*La peur qui rôde* et autres nouvelles
4197. Stendhal	*Féder ou le mari d'argent*
4198. Junichirô Tanizaki	*Le meurtre d'O-Tsuya*
4199. Léon Tolstoï	*Le réveillon du jeune tsar* et autres contes

4394. Marguerite Yourcenar — *Le Coup de grâce*
4395. Nicolas Gogol — *Une terrible vengeance*
4396. Jane Austen — *Lady Susan*
4441. Honoré de Balzac — *Les dangers de l'inconduite*
4442. Collectif — *1, 2, 3... bonheur! Le bonheur en littérature*
4443. James Crumley — *Tout le monde peut écrire une chanson triste* et autres nouvelles
4444. Fumio Niwa — *L'âge des méchancetés*
4445. William Golding — *L'envoyé extraordinaire*
4446. Pierre Loti — *Les trois dames de la kasbah* suivi de *Suleïma*
4447. Marc Aurèle — *Pensées. Livres I-VI*
4448. Jean Rhys — *À septembre, Petronella* suivi de *Qu'ils appellent ça du jazz*
4449. Gertrude Stein — *La brave Anna*
4450. Voltaire — *Le monde comme il va* et autres contes
4482. Régine Detambel — *Petit éloge de la peau*
4483. Caryl Férey — *Petit éloge de l'excès*
4484. Jean-Marie Laclavetine — *Petit éloge du temps présent*
4485. Richard Millet — *Petit éloge d'un solitaire*
4486. Boualem Sansal — *Petit éloge de la mémoire*
4518. Renée Vivien — *La dame à la louve*
4519. Madame Campan — *Mémoires sur la vie privée de Marie-Antoinette. Extraits*
4520. Madame de Genlis — *La femme auteur*
4521. Elsa Triolet — *Les amants d'Avignon*
4522. George Sand — *Pauline*
4549. Amaru — *La centurie. Poèmes amoureux de l'Inde ancienne*
4550. Collectif — *«Mon cher papa...» Des écrivains et leur père*
4551. Joris-Karl Huysmans — *Sac au dos suivi d'À vau l'eau*
4552. Marc Aurèle — *Pensées. livres VII-XII*
4553. Valery Larbaud — *Mon plus secret conseil...*
4554. Henry Miller — *Lire aux cabinets* précédé d'*Ils étaient vivants et ils m'ont parlé*

4674. Anne Wiazemsky — *L'île*
4708. Isabelle de Charrière — *Sir Walter Finch et son fils William*
4709. Madame d'Aulnoy — *La princesse Belle Étoile et le prince Chéri*
4710. Isabelle Eberhardt — *Amours nomades. Nouvelles choisies*
4711. Flora Tristan — *Promenades dans Londres. Extraits*
4737. Joseph Conrad — *Le retour*
4738. Roald Dahl — *Le chien de Claude*
4739. Fiodor Dostoïevski — *La femme d'un autre et le mari sous le lit. Une aventure peu ordinaire*
4740. Ernest Hemingway — *La capitale du monde* suivi de *L,heure triomphale de Francis Macomber*
4741. H. P. Lovecraft — *Celui qui chuchotait dans les ténèbres*
4742. Gérard de Nerval — *Pandora* et autres nouvelles
4743. Juan Carlos Onetti — *À une tombe anonyme*
4744. Robert Louis Stevenson — *La chaussée des Merry Men*
4745. Henry David Thoreau — *«Je vivais seul dans les bois»*
4746. Michel Tournier — *L'aire du muguet* précédé de *La jeune fille et la mort*
4781. Collectif — *Sur le zinc. Au café des écrivains*
4782. Francis Scott Fitzgerald — *L'étrange histoire de Benjamin Button* suivi de *La lie du bonheur*
4783. Lao She — *Le nouvel inspecteur* suivi de *le croissant de lune*
4784. Guy de Maupassant — *Apparition* et autres contes de l'étrange
4785. D. A. F. de Sade — *Eugénie de Franval. Nouvelle tragique*
4786. Patrick Amine — *Petit éloge de la colère*
4787. Élisabeth Barillé — *Petit éloge du sensible*
4788. Didier Daeninckx — *Petit éloge des faits divers*
4789. Nathalie Kuperman — *Petit éloge de la haine*
4790. Marcel Proust — *La fin de la jalousie* et autres nouvelles
4839. Julian Barnes — *À jamais* et autres nouvelles
4840. John Cheever — *Une américaine instruite* précédé d'*Adieu, mon frère*
4841. Collectif — *«Que je vous aime, que je t'aime!» Les plus belles déclarations d,amour*

4842. André Gide	*Souvenirs de la cour d'assises*
4843. Jean Giono	*Notes sur l'affaire Dominici* suivi d'*Essai sur le caractère des personnages*
4844. Jean de La Fontaine	*Comment l'esprit vient aux filles* et autres contes libertins
4845. Yukio Mishima	*Papillon* suivi de *La lionne*
4846. John Steinbeck	*Le meurtre* et autres nouvelles
4847. Anton Tchekhov	*Un royaume de femmes* suivi de *De l'amour*
4848. Voltaire	*L'Affaire du chevalier de La Barre* précédé de *L,Affaire Lally*
4875. Marie d'Agoult	*Premières années (1806-1827)*
4876. Madame de Lafayette	*Histoire de la princesse de Montpensier* et autres nouvelles
4877. Madame Riccoboni	*Histoire de M. le marquis de Cressy*
4878. Madame de Sévigné	*«Je vous écris tous les jours...» Premières lettres à sa fille*
4879. Madame de Staël	*Trois nouvelles*
4911. Karen Blixen	*Saison à Copenhague*
4912. Julio Cortázar	*La porte condamnée* et autres nouvelles fantastiques
4913. Mircea Eliade	*Incognito à Buchenwald...* précédé d'*Adieu!...*
4914. Romain Gary	*Les Trésors de la mer Rouge*
4915. Aldous Huxley	*Le jeune Archimède* précédé de *Les Claxton*
4916. Régis Jauffret	*Ce que c'est que l'amour* et autres microfictions
4917. Joseph Kessel	*Une balle perdue*
4918. Lie-tseu	*Sur le destin* et autres textes
4919. Junichirô Tanizaki	*Le pont flottant des songes*
4920. Oscar Wilde	*Le portrait de Mr. W.H.*
4953. Eva Almassy	*Petit éloge des petites filles*
4954. Franz Bartelt	*Petit éloge de la vie de tous les jours*
4955. Roger Caillois	*Noé* et autres textes

4956. Jacques Casanova — *Madame F.* suivi d'*Henriette*
4957. Henry James — *De Grey, histoire romantique*
4958. Patrick Kéchichian — *Petit éloge du catholicisme*
4959. Michel Lermontov — *La princesse Ligovskoï*
4960. Pierre Péju — *L'idiot de Shanghai* et autres nouvelles
4961. Brina Svit — *Petit éloge de la rupture*
4962. John Updike — *Publicité* et autres nouvelles
5010. Anonyme — *Le petit-fils d'Hercule. Un roman libertin*
5011. Marcel Aymé — *La bonne peinture*
5012. Mikhaïl Boulgakov — *J'ai tué* et autres récits
5013. Sir Arthur Conan Doyle — *L'interprète grec* et autres aventures de Sherlock Holmes
5014. Frank Conroy — *Le cas mystérieux de R.* et autres nouvelles
5015. Sir Arthur Conan Doyle — *Une affaire d'identité* et autres aventures de Sherlock Holmes
5016. Cesare Pavese — *Histoire secrète* et autres nouvelles
5017. Graham Swift — *Le sérail* et autres nouvelles
5018. Rabindranath Tagore — *Aux bords du Gange* et autres nouvelles
5019. Émile Zola — *Pour une nuit d'amour* suivi de *L'inondation*
5060. Anonyme — *L'œil du serpent. Contes folkloriques japonais*
5061. Federico García Lorca — *Romancero gitan* suivi de *Chant funèbre pour Ignacio Sanchez Mejias*
5062. Ray Bradbury — *Le meilleur des mondes possibles* et autres nouvelles
5063. Honoré de Balzac — *La Fausse Maîtresse*
5064. Madame Roland — *Enfance*
5065. Jean-Jacques Rousseau — *« En méditant sur les dispositions de mon âme... »* et autres rêveries, suivi de *Mon portrait*
5066. Comtesse de Ségur — *Ourson*
5067. Marguerite de Valois — *Mémoires. Extraits*

5068. Madame de Villeneuve	*La Belle et la Bête*
5069. Louise de Vilmorin	*Sainte-Unefois*
5120. Hans Christian Andersen	*La Vierge des glaces*
5121. Paul Bowles	*L'éducation de Malika*
5122. Collectif	*Au pied du sapin. Contes de Noël*
5123. Vincent Delecroix	*Petit éloge de l'ironie*
5124. Philip K. Dick	*Petit déjeuner au crépuscule* et autres nouvelles
5125. Jean-Baptiste Gendarme	*Petit éloge des voisins*
5126. Bertrand Leclair	*Petit éloge de la paternité*
5127. Alfred de Musset-George sand	*« Ô mon George, ma belle maîtresse... » Lettres*
5128. Grégoire Polet	*Petit éloge de la gourmandise*
5129. Paul Verlaine	*L'Obsesseur précédé d'Histoires comme ça*
5163. Akutagawa Ryûnosuke	*La vie d'un idiot* précédé d'*Engrenage*
5164. Anonyme	*Saga d'Eiríkr le Rouge* suivi de *Saga des Groenlandais*
5165. Antoine Bello	*Go Ganymède!*
5166. Adelbert von Chamisso	*L'étrange histoire de Peter Schlemihl*
5167. Collectif	*L'art du baiser. Les plus beaux baisers de la littérature*
5168. Guy Goffette	*Les derniers planteurs de fumée*
5169. H. P. Lovecraft	L'horreur de Dunwich
5170. Léon Tolstoï	*Le diable*
5184. Alexandre Dumas	*La main droite du sire de Giac* et autres nouvelles
5185. Edith Wharton	*Le miroir suivi de Miss Mary Pask*
5231. Théophile Gautier	*La cafetière* et autres contes fantastiques
5232. Claire Messud	*Les Chasseurs*
5233. Dave Eggers	*Du haut de la montagne, une longue descente*
5234. Gustave Flaubert	*Un parfum à sentir ou Les Baladins* suivi de *Passion et vertu*

5235. Carlos Fuentes — *En bonne compagnie* suivi de *La chatte de ma mère*
5236. Ernest Hemingway — *Une drôle de traversée*
5237. Alona Kimhi — *Journal de berlin*
5238. Lucrèce — *« L'esprit et l'âme se tiennent étroitement unis ». Livre III de « De la nature »*
5239. Kenzaburô Ôé — *Seventeen*
5240. P. G. Wodehouse — *Une partie mixte à trois* et autres nouvelles du green
5290. Jean-Jacques Bernard — *Petit éloge du cinéma d'aujourd'hui*
5291. Jean-Michel Delacomptée — *Petit éloge des amoureux du Silence*
5292. Mathieu Térence — *Petit éloge de la joie*
5293. Vincent Wackenheim — *Petit éloge de la première fois*
5294. Richard Bausch — *Téléphone rose* et autres nouvelles
5295. Collectif — *Ne nous fâchons pas ! ou L'art de se disputer au théâtre*
5296. Robin Robertson — *Fiasco ! Des écrivains en scène*
5297. Miguel de Unamuno — *Des yeux pour voir* et autres contes
5298. Jules Verne — *Une fantaisie du Docteur Ox*
5299. Robert Charles Wilson — *YFL-500* suivi du *Mariage de la dryade*
5347. Honoré de Balzac — *Philosophie de la vie conjugale*
5348. Thomas De Quincey — *Le bras de la vengeance*
5349. Charles Dickens — *L'embranchement de Mugby*
5350. Épictète — *De l'attitude à prendre envers les tyrans*
5351. Marcus Malte — *Mon frère est parti ce matin...*
5352. Vladimir Nabokov — *Natacha* et autres nouvelles
5353. Arthur Conan Doyle — *Un scandale en Bohême* suivi de *Silver Blaze. Deux aventures de Sherlock Holmes*
5354. Jean Rouaud — *Préhistoires*
5355. Mario Soldati — *Le père des orphelins*
5356. Oscar Wilde — *Maximes* et autres textes
5415. Franz Bartelt — *Une sainte fille* et autres nouvelles
5416. Mikhaïl Boulgakov — *Morphine*

5417. Guillermo Cabrera Infante — *Coupable d'avoir dansé le cha-cha-cha*
5418. Collectif — *Jouons avec les mots. Jeux littéraires*
5419. Guy de Maupassant — *Contes au fil de l'eau*
5420. Thomas Hardy — *Les intrus de la Maison Haute* précédé d'un autre conte du Wessex
5421. Mohamed Kacimi — *La confession d'Abraham*
5422. Orhan Pamuk — *Mon père* et autres textes
5423. Jonathan Swift — *Modeste proposition* et autres textes
5424. Sylvain Tesson — *L'éternel retour*
5462. Lewis Carroll — *Misch-Masch* et autres textes de jeunesse
5463. Collectif — *Un voyage érotique. Invitations à l'amour dans la littérature du monde entier*
5464. François de La Rochefoucauld — *Maximes* suivi de *Portrait de La Rochefoucauld par lui-même*
5465. William Faulkner — *Coucher de soleil* et autres Croquis de La Nouvelle-Orléans
5466. Jack Kerouac — *Sur les origines d'une génération* suivi de *Le dernier mot*
5467. Liu Xinwu — *La Cendrillon du canal* suivi de *Poisson à face humaine*
5468. Patrick Pécherot — *Petit éloge des coins de rue*
5469. George Sand — *La château de Pictordu*
5470. Montaigne — *De l'oisiveté* et autres Essais en français moderne
5471. Martin Winckler — *Petit éloge des séries télé*
5523. E.M. Cioran — *Pensées étranglées* précédé du *Mauvais démiurge*
5524. Dôgen — *Corps et esprit. La Voie du zen*
5525. Maître Eckhart — *L'amour est fort comme la mort* et autres textes
5526. Jacques Ellul — « *Je suis sincère avec moi-même* » et autres lieux communs
5527. Liu An — *Du monde des hommes. De l'art de vivre parmi ses semblables*

5528. Sénèque — *De la providence* suivi de *Lettres à Lucilius (lettres 71 à 74)*

5529. Saâdi — *Le Jardin des Fruits. Histoires édifiantes et spirituelles*

5530. Tchouang-tseu — *Joie suprême* et autres textes

5531. Jacques De Voragine — *La Légende dorée. Vie et mort de saintes illustres*

5532. Grimm — *Hänsel et Gretel* et autres contes

5589. Saint Augustin — *L'Aventure de l'esprit et autres Confessions*

5590. Anonyme — *Le brahmane et le pot de farine. Contes édifiants du Pañcatantra*

5591. Simone Weil — *Pensées sans ordre concernant l'amour de Dieu* et autres textes

5592. Xun zi — *Traité sur le Ciel* et autres textes

5606. Collectif — *Un oui pour la vie ? Le mariage en littérature*

5607. Éric Fottorino — *Petit éloge du Tour de France*

5608. E. T. A. Hoffmann — *Ignace Denner*

5609. Frédéric Martinez — *Petit éloge des vacances*

5610. Sylvia Plath — *Dimanche chez les Minton* et autres nouvelles

5611. Lucien — *« Sur des aventures que je n'ai pas eues ». Histoire véritable*

5631. Boccace — *Le Décaméron. Première journée*

5632. Isaac Babel — *Une soirée chez l'impératrice* et autres récits

5633. Saul Bellow — *Un futur père* et autres nouvelles

5634. Belinda Cannone — *Petit éloge du désir*

5635. Collectif — *Faites vos jeux ! Les jeux en littérature*

5636. Collectif — *Jouons encore avec les mots. Nouveaux jeux littéraires*

5637. Denis Diderot — *Sur les femmes* et autres textes

5638. Elsa Marpeau — *Petit éloge des brunes*

5639. Edgar Allan Poe — *Le sphinx* et autres contes

5640. Virginia Woolf — *Le quatuor à cordes* et autres nouvelles

Composition Bussière
Impression Novoprint
à Barcelone, le 10 septembre 2013
Dépôt légal : septembre 2013
Premier dépôt légal dans la collection: septembre 2004
ISBN 978-2-07-031659-5. /Imprimé en Espagne.

256900